名师名校新形态通识教育系列教材

唐诗宋词经典作品赏析

李敬一　谢东升◎编著

人民邮电出版社
北京

图书在版编目（CIP）数据

唐诗宋词经典作品赏析 / 李敬一，谢东升编著. --
北京 : 人民邮电出版社，2024.2
名师名校新形态通识教育系列教材
ISBN 978-7-115-60105-6

Ⅰ. ①唐… Ⅱ. ①李… ②谢… Ⅲ. ①唐诗－鉴赏－高等学校－教材②宋词－鉴赏－高等学校－教材 Ⅳ. ①I207.2

中国版本图书馆CIP数据核字(2022)第184713号

内 容 提 要

本书收录唐诗宋词经典作品一百六十余篇，题材包含古代社会生活的许多方面：抒家国情怀，叙亲情友爱，发怀古之思，写山光水色，内容丰富，视野开阔。同时，作者对这些脍炙人口的诗词逐篇进行品读和鉴赏：介绍背景，概述内容，分析特色，品赏名句，见解独到，警语迭出。此外，本书运用当代信息技术，对所选诗词进行精妙的配音朗诵，并以二维码形式呈现出来，使这些古典诗词在当今社会生活和人们的情感世界中鲜活起来。读者阅读此书，可以汲取中华传统文化精髓，提高艺术鉴赏水平，丰富知识结构体系。

◆ 编　　著　李敬一　谢东升
　责任编辑　李晓雨
　责任印制　王　郁　陈　犇
◆ 人民邮电出版社出版发行　　北京市丰台区成寿寺路 11 号
　邮编　100164　　电子邮件　315@ptpress.com.cn
　网址　https://www.ptpress.com.cn
　涿州市般润文化传播有限公司印刷
◆ 开本：720×960　1/16
　印张：12.5　　　　2024 年 2 月第 1 版
　字数：133 千字　　2025 年 7 月河北第 2 次印刷

定价：59.80 元

读者服务热线：(010) 81055256　印装质量热线：(010) 81055316
反盗版热线：(010) 81055315

前言

唐诗宋词是中华传统文化之瑰宝，是中国乃至世界文学艺术宝库中一颗璀璨的明珠，也是每一位中华儿女赖以自豪和骄傲的文化名片。读唐诗宋词，学唐诗宋词，赏唐诗宋词，是当今人们惯常的一种文化行为，体现了人们对中华优秀传统文化的热爱与传承，也是当代人才丰富知识体系、提升艺术鉴赏水平的需要。而对于高校学生而言，通过诗词品鉴，拓展家国情怀，强化使命担当，更有助于学业进步和人生成长。

基于以上考虑，我们编写了这本《唐诗宋词经典作品赏析》。因唐诗宋词作品数量浩如烟海，名篇佳作不计其数，而本书篇幅有限，所以只选录了其中一百六十余篇。这些作品紧扣“启智增慧”的主旨，多为诗人或词人抒家国情怀、叙亲情友爱、发怀古之思、观山光水色时所作，它们是中华历史过程中数百年时光构建的家园，承载着一代代中国人的喜怒哀乐，那“白日放歌须纵酒”的还乡之喜，“磨损胸中万古刀”的不平之怒，“不思量，自难忘”的悼念之哀，“几处早莺争暖树”的踏春之乐，都像一册册记事本，等待着我们翻开其中一页，走进一个个既熟悉又陌生的精神世界。又由于这些作品是历来人们所熟知的思想、艺术价值最为突出的篇章，大多堪称“经典”，所以我们在编选时颇难取舍，只能根据作品的题材范围以及当今读者的价值取向、阅读兴趣，将所选作品分为四大类，分别为：“励志篇”，抒发作者理想抱负、家国情怀、社会责任的诗词；“情感篇”，叙写作者乡情友情、亲情爱情、别离相思的诗词；“怀古篇”，表达作者感时怀古、咏叹世事、品味人生的诗词；“景物篇”，描绘祖国大好河山、风光景物、人情物趣的诗词。这样分类不一定十分精确，但大体上能反映唐诗宋词内容方面的基本面貌和艺术上的主要特色，也方便读者在学习时检索和引用。

为了帮助读者更好地学习、理解、消化、应用这些优秀的古典诗词，我们还对一百余篇作品逐篇进行品读、赏析。虽然今人的生活环境与诗人创作时的生活环境千差万别，编者的艺术鉴赏水准也极为有限，并且“诗无达诂”，面对同一首诗或词，一千个读者就能有一千种理解，但我们的“赏析”还是力争做到：还原作者思路，展示原作风貌，突现作品特色，启迪读者思考，引发现实联想，并且尽量用当今人们习见的语言风格表述出来，力求在轻松活泼的散文式讲解中，帮助读者把握诗词的基本内容，同时改变以往鉴赏文字的考据性和学究气，重在体味作品的意蕴，尽量做到俗中有雅，浅里藏深，侃侃而谈，娓娓道来，文风精警而独具个性。

本书所录唐诗、宋词作品，由李敬一负责篇目的选定和分类，并撰写全部赏析文字。同时，由于我们今天读到的古诗词，在作者创作或作品流传过程中，往往是“被之管弦”、可以吟唱的，所以，为了让读者更好地欣赏到古诗词的完整艺术，本书又由谢东升对所选作品进行配音朗诵，并以现代信息技术（二维码形式）呈现出来，读者在阅读文字的同时，可获得听觉上的满足，加深对古诗词的理解，是真正意义上的艺术欣赏。

本书承蒙人民邮电出版社大力倡议、组织和推进，责任编辑李晓雨勤勉督促、精心指导，付出了大量心血，在此一并感谢！同时，衷心希望本书能得到读者朋友们的喜爱。

李敬一

2023 年 3 月于武昌珞珈山

目录

001 一 励志篇（理想志向　家国情怀）

089 三 怀古篇（感时怀古 人生况味）

目录

一 励志篇

理想志向　家国情怀

篇首语

铁血男儿，长征报国；疾风劲草，板荡诚臣；进退皆忧，保国卫民，这是唐诗宋词中永远闪耀着光芒的主题。开卷捧读，你可以为“男儿事长征，少小幽燕客”而自豪，你可以为“安得广厦千万间，大庇天下寒士俱欢颜”而慨叹；你可以抬头仰望“高高秋月照长城”，你还可以低头沉吟“谁知盘中餐，粒粒皆辛苦”；你可以向往“功名只向马上取，真是英雄一丈夫”，你更可以立志“挽雕弓”“射天狼”。

赏析、诵读唐诗宋词经典作品之《励志篇》，读者可以从中受到精神鼓舞，得到历史启示，激发爱国热情，奋步昂扬前行。

名家开篇

赠萧瑀

李世民

名家诵读

疾风知劲草，板荡识诚臣。
勇夫安识义，智者必怀仁。

【赏　析】

萧瑀，唐大臣，官居光禄大夫，为人刚正忠直，唐太宗李世民誉之为“真社稷臣也”，并写赠此诗。诗中“疾风知劲草，板荡识诚臣”二句最为有名，它说的是：大风当中方知何树、何花、何草折不断、摧不败、击不弯；国家危难之际，方识何兵、何将、何官为良吏、骁将、忠君之臣。“板荡”一词，出自《诗经·大雅》中的两首诗，原篇名为《板》《荡》，后世借以形容社会动荡，十分贴切。此诗告诉人们：和平与安宁时期，阿谀奉承者众；危难时刻方能考验出一个人的坚强与忠诚，此乃唐王之诗所提供的启示。

从军行

杨炯

名家诵读

烽火照西京，
心中自不平。
牙璋辞凤阙，
铁骑绕龙城。
雪暗凋旗画，
风多杂鼓声。
宁为百夫长，
胜作一书生。

【赏　析】

此诗乃“初唐四杰”之一杨炯所作。诗人以书生的情怀，写投笔从戎、慷慨赴敌的征戍生活：闻敌情，即“心中自不平”；领君命，则“牙璋辞凤阙”；虽然征程中“雪暗凋旗画，风多杂鼓声”，环境恶劣，艰苦备尝，但大军所至，便“铁骑绕龙城”，无往而不胜。于是，诗人自豪地唱出了“宁为百夫长，胜作一书生”的雄浑刚健“唐音”，令人振奋不已。其实，从古至今，好男儿当兵打仗，保家卫国，宁上战场博得个“百夫长”的名分，也胜过坐而论道、当一名空头“书生”，这才是时代最强音！

古意

◆李颀

名家诵读

男儿事长征，少小幽燕客。
赌胜马蹄下，由来轻七尺。
杀人莫敢前，须如猬毛磔。
黄云陇底白云飞，
未得报恩不得归。
辽东小妇年十五，
惯弹琵琶能歌舞。
今为羌笛出塞声，
使我三军泪如雨。

【赏　析】

古代的男人，有的仕途干进，以求高官显宦，衣锦还乡；有的窗前吟哦，以求诗赋华美，藏之名山；有的往来商旅，以求财源茂盛，富甲天下。此诗所歌咏的这位好男儿却骑骏马，执宝刀，奋战沙场，用自己的生命来“赌胜”，用血和汗来为自己挣得荣誉。诗的前半部分惟妙惟肖地勾画出一位勇猛刚强的边塞英雄形象：“杀人莫敢前，须如蝟毛磔”。后半笔锋一转，用极为细致的笔触刻画人物内心的情思：“黄云陇底白云飞，未得报恩不得归”，这是将士们的决心。但是，“不能归”并不意味着“不想归”。对故乡、对亲人的深切怀念之情，与卫国戍边的责任感时刻交织在将士们心中。眼前“辽东小妇年十五，惯弹琵琶能歌舞。今为羌笛出塞声，使我三军泪如雨”，冲决了他们感情的堤防。诗的开头是金戈铁马，慷慨悲歌，这里却借出征前的誓师宴突然介入一位妙龄女子，她那轻曼的舞姿，悠扬的笛声，正以女性的温柔触动了血性男儿心中最脆弱的地方，他们竟然泣不成声了！

爱国与思亲，英雄与美女，刚强与柔婉，在这首诗中显得如此谐和……

王昌龄

从军行七首（其二）

琵琶起舞换新声，
总是关山旧别情。
撩乱边愁听不尽，
高高秋月照长城。

名家诵读

【赏　析】

酒宴，歌舞，书写着欢乐。但在军营里，欢乐只是表面、暂时的。这不，为了排遣将士们思乡之情，酒宴上不断变换着新的曲目，但在将士们的听觉里，那每一曲似乎都是咏叹别离的！心儿被撩乱了，听不尽的只有边愁啊！尽管如此，眼前却是高高秋月，照耀着巍峨的长城——保卫祖国的责任不容将士们多想别的了……

这就是唐诗的形象——美丽而又有象征意义的秋月长城；这就是唐诗的韵味——含蓄而又富有感染力的咏叹；这就是唐诗的境界——真实而又崇高的表达。

名家诵读

从军行七首（其四）

青海长云暗雪山，
孤城遥望玉门关。
黄沙百战穿金甲，
不破楼兰终不还。

【赏　析】

这是唐时守边将士的豪言壮语，更是一首英雄的赞歌。镇守“孤城”的唐军，西拒吐蕃，北抗突厥，肩负着保卫家园的使命。尽管边塞上黄沙弥漫，战云翻滚，但是，“黄沙百战穿金甲，不破楼兰终不还”，哪怕磨穿金甲，哪怕牺牲在战场，不破强敌决不还乡！战场，关隘，豪气，决心，可触可感，读者要考察一千多年前的唐朝军威，要领略一千多年前的“盛唐气象”，于此诗可略窥一斑矣。

名家诵读

出塞二首（其一）

秦时明月汉时关，
万里长征人未还。
但使龙城飞将在，
不教胡马度阴山。

【赏　析】

这是一首脍炙人口的诗，诗中描写了清冷月色下巍峨的大漠雄关。但是，自秦汉时起，战争连绵，多少征人离家万里，戍守边关，抛尸疆场。戍边士卒们多么希望能有飞将军李广那样令敌人胆寒的将领统军镇守，似此，胡人的兵马焉能度过阴山！全诗反映了当时的人们对和平安宁生活的渴望，洋溢着强烈的爱国激情，慷慨悲壮，意气飞扬，被后世诗论家们誉为唐人七绝压卷之作。

使至塞上

王维

单车欲问边，属国过居延。
征蓬出汉塞，归雁入胡天。
大漠孤烟直，长河落日圆。
萧关逢候骑，都护在燕然。

名家诵读

【赏 析】

此诗写诗人王维代表朝廷到边疆劳军时所见所感，其中最精彩之处当是描写边塞风光的两句："大漠孤烟直，长河落日圆。"《红楼梦》第四十八回写香菱学诗，在读了王维《使至塞上》之后，香菱说："想来烟如何直？日自然是圆的。这'直'字似无理，'圆'字似太俗。合上书一想，倒像是见了这景的。要说再找两个字换这两个，竟再找不出两个字来……"确实，这一联诗句，像一幅巨大的风景画，形象地描绘了塞外辽阔、苍凉的景象。"漠"，指边疆沙漠；冠以"大"字，显出它的浩瀚无边。"烟"，烽火台的浓烟，是边塞特有的景象；冠以"孤"字，显出景物的单调。而"直"字，既暗示荒旱无风，又表现了一种挺拔、坚毅之美。下句中，"河"，指横贯大漠的黄河；冠以"长"字，说明此地没有山峦林木，河之"长"，令人有穿越时空的感觉。"落日"，是黄河上的壮丽景象，以"圆"字来形容，给人以苍茫之感。这里，非但香菱所说的"直"字、"圆"字不能抽换，其他的字也是很难抽换的，其语言之准确、形象，使其得以代代习诵，万口相传，淬炼而为"经"，应用而成"典"。

名家诵读

陇西行

十里一走马，
五里一扬鞭。
都护军书至，
匈奴围酒泉。
关山正飞雪，
烽火断无烟。

【赏　析】

这是一首典型的边塞诗：一个“镜头”，一幅画面，描写了唐时守边兵士赴内地报警，策马扬鞭之际，五里十里一掠而过的情景。此时正值关山飞雪，烽火台上难以举火，所以他带着都护的军书，向朝廷报告敌兵来犯的军情，事关重大，责任如山。全诗通过报警的瞬间，展示了关山风雪弥漫、戍边斗争残酷、戍边将士忠于职守的古代军事斗争生活，读来如亲临其境，感人至深。

名家诵读

丁都护歌

◆李白

云阳上征去，两岸饶商贾。
吴牛喘月时，拖船一何苦！
水浊不可饮，壶浆半成土。
一唱都护歌，心摧泪如雨。
万人系磐石，无由达江浒。
君看石芒砀，掩泪悲千古。

【赏　析】

诗仙李白性格直爽，他对权贵傲岸不屈，“安能摧眉折腰事权贵，使我不得开心颜”。但是，对待劳动人民，他却异常谦恭。这首《丁都护歌》描写运河纤夫，是独特的题材。诗分三层，前四句写纤夫拖船之苦：诗人从社会环境和自然条件着笔，以商人的奢侈豪华生活来衬托纤夫的贫困劳苦，对比鲜明。中间四句具体写纤夫生活之态：顶着烈日，挽纤喘气，逆水运石，哀歌声声，泪如雨下。最后四句则写纤夫劳役的繁重无期，诗人为此而“掩泪悲千古”。这一千古之“悲”，正是诗人对社会不公正现象的强烈控诉，对劳动人民的深切同情，是诗人深切的家国情怀的体现。可以说，在劳动人民面前，李白永远是一个赤诚的人！

名家诵读

秋浦歌十七首（其十四）

炉火照天地，
红星乱紫烟。
赧郎明月夜，
歌曲动寒川。

【赏　析】

这是我国古典文学宝库中罕见的一首赞颂工人生活的诗篇。诗人李白漫游铜都秋浦，见冶炼工人炼铜情景，深为震憾，写诗描绘了这一“炉火照天地，红星乱紫烟”的场面。诗中“照”“乱”二字不仅写出夜间炉火熊熊、火花飞溅、紫烟升腾的情景，而且表达了诗人的新奇、兴奋和惊叹之情。诗人叹赏之余，又着笔描绘炼铜工人“赧郎明月夜，歌曲动寒川”健美、阳光的形象：那被炉火映红的脸庞可与明月争辉，那豪迈的歌声震荡在寒冷的川水之上。诗中饱含着对生活的爱，流淌着对人民的情，洋溢着对劳动的赞，真非诗仙不能为也！

名家诵读

宿五松山下荀媪家

我宿五松下，寂寥无所欢。
田家秋作苦，邻女夜舂寒。
跪进雕胡饭，月光明素盘。
令人惭漂母，三谢不能餐。

【赏　析】

李白漫游安徽铜陵，途经五松山，一路上亲见“田家秋作苦，邻女夜舂寒”，心中甚是沉重。当晚他借宿于山中一位荀姓老大娘家中，大娘惊叹诗仙降临，出于尊重，倾其所有，为李白“跪进雕胡饭，月光明素盘”。但途中所见乡民的困苦与眼前老太的慷慨，令李白感激莫名，他连忙推辞：“令人惭漂母，三谢不能餐”，似乎在说：老人家快起来，我李白何德何能，岂能承受得起您如此厚待！在下比不上当年的韩信，他受漂母一饭之恩尚能报答，我却文不成，武不就，流落江湖，愧对乡亲，又怎能咽下您的美味佳肴！

诗中的场景历历在目，诗中的人物活灵活现，诗中的情感真真切切。这里只有老者的善良、诗人的谦卑和为人处世的启迪……

凉州词

◆王翰

葡萄美酒夜光杯，
欲饮琵琶马上催。
醉卧沙场君莫笑，
古来征战几人回？

名家诵读

【赏　析】

此诗写军队出征前的誓师会。古代军营中饮酒，或是誓师宴，此宴很悲壮，对于将士而言，也许这是此生最后一次享受生活，因为上战场就意味着不一定能活着回来；或是庆功宴，此宴亦十分惨烈，因为参加酒宴的人虽在“庆功”，但“一将功成万骨枯”，多少好兄弟却倒在战场上永远回不来了……

诗的开篇以盛宴来衬托战争，把战争写得如同史诗般气魄不凡，在烽烟滚滚的战争间隙，将士们要尽情狂欢、尽情饮酒，而且酒是好酒——“葡萄美酒”；杯是好杯——“夜光宝杯”；氛围是好氛围——“琵琶马上催”，马背上的琵琶乐队到每一座帐篷来演奏助兴。这怎不令人亢奋？怎不令人狂放！但这不是醉生梦死，不是游戏人生，当战鼓擂响时，他们准备着，要么战死沙场，要么进爵封侯。当他们经历生死考验之后，醉卧沙场便是对死亡所持的豁达态度。“古来征战几人回”，则是英雄们将生死置之度外的豪迈宣言。

此诗一气呵成，刚健有力，尽现诗人磅礴大气之胸怀，这也是唐代社会的雄伟气度！

春望

◆杜甫

国破山河在，
城春草木深。
感时花溅泪，
恨别鸟惊心。
烽火连三月，
家书抵万金。
白头搔更短，
浑欲不胜簪。

名家诵读

【赏　析】

安史叛乱期间，诗人杜甫流落长安，见都城被叛军焚掠一空，满目荒凉，心情沉重，即景生情，抒写了这首忧时伤乱之诗：国都沦陷，山河依旧；物是人非，人民离散；草木疯长，一片荒凉。时代的灾难和痛苦，不是个人情感可以承载的，直是天地同愁，草木同悲。而且烽火遍地，家信不通，此时此境，人们既盼望家人音讯，又害怕得到不幸消息。“烽火连三月，家书抵万金”，感动过多少乱世离人。全诗以“望”为主题，面对春回大地的景象，诗人期盼国家安定繁荣，惟愿天下离散的人们都能欢聚，显示了真正的诗圣心肠！

茅屋为秋风所破歌

名家诵读

八月秋高风怒号，卷我屋上三重茅。
茅飞渡江洒江郊，高者挂罥长林梢，
下者飘转沉塘坳。
南村群童欺我老无力，忍能对面为盗贼。
公然抱茅入竹去，唇焦口燥呼不得，
归来倚杖自叹息。
俄顷风定云墨色，秋天漠漠向昏黑。
布衾多年冷似铁，骄儿恶卧踏里裂。
床头屋漏无干处，雨脚如麻未断绝。
自经丧乱少睡眠，长夜沾湿何由彻！
安得广厦千万间，大庇天下寒士俱欢颜，
风雨不动安如山！
呜呼！何时眼前突兀见此屋，
吾庐独破受冻死亦足！

【赏　析】

杜甫流寓成都，居浣花溪畔草堂，秋时，茅屋为大风所破，诗人于无奈之中写下这首堪称教科书式的诗作——《茅屋为秋风所破歌》。诗分三层，一写“屋破”：“八月秋高风怒号，卷我屋上三重茅”等语，惊呼自己唯一栖身之所又被秋风掀破，真是命运不济，破屋偏遭漏雨！二写“叹息”：“南村群童欺我老无力，忍能对面为盗贼，公然抱茅入竹去”几句，慨叹茅屋被破，连几根茅草也被孩子们抱走，何其无奈！三写“难熬”：“布衾多年冷似铁，骄儿恶卧踏里裂，床头屋漏无干处”数行，写茅屋破损，无以挡风雨，艰难的岁月煎熬何时到头！

此诗之所以堪称为“教科书”，是因为作者在“屋破”的生活琐事中，由个人的痛苦联想到天下劳苦大众，联想到社会责任。一曲“安得广厦千万间，大庇天下寒士俱欢颜，风雨不动安如山”，惊天动地，感人至深，自古至今，无论处于安乐抑或处于忧患中的人们，莫不同呼，莫不百应。

此外，诗中“骂”抱茅村童的话，读者千万别当成真骂，那是无奈，是苦笑，是诙谐，连同诗中“骂”自己的孩子“布衾多年冷似铁，骄儿恶卧踏里裂”，都是自我解嘲，是大师的“冷幽默”；理解了这一点，方知诗圣的诗为什么如此令人动容，如此有感染力！

闻官军收河南河北

剑外忽传收蓟北，
初闻涕泪满衣裳。
却看妻子愁何在，
漫卷诗书喜欲狂。
白首放歌须纵酒，
青春作伴好还乡。
即从巴峡穿巫峡，
便下襄阳向洛阳。

名家诵读

【赏　析】

唐代宗宝应元年（762）冬，朝廷军队打败安史叛军残部，平定河南、河北诸郡。次年春，时在梓州的杜甫惊喜之余，写下了这首快诗。

诗论家评诗喜谈“诗眼”，即最能体现诗的格律要求或精神意蕴的关键字、词，那些字词是有位置要求的。但也有评论家说，“自老杜而后，诗中有奇字为眼”，是说杜诗处处有奇字，字字皆是“眼”。这首《闻官军收河南河北》，语言虽平易，但请注意每句中都有一个形容动作状态的词，即：“忽”“初”“却”“漫”“放”“须”“好”“即”“便”等。作者用这些快节奏的词来彰显自己狂喜的心情，突出表现了他喜不自胜、迫不及待的心理状态，而且动作上连贯性强，造成风驰电掣的气势，使全诗有极强的流动感和整体感，读来一气呵成，心胸畅快不已。

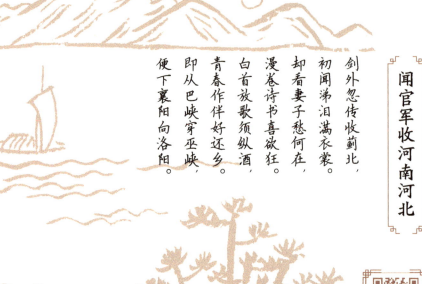

又呈吴郎

名家诵读

堂前扑枣任西邻，无食无儿一妇人。
不为困穷宁有此？只缘恐惧转须亲。
即防远客虽多事，便插疏篱却甚真。
已诉征求贫到骨，正思戎马泪盈巾。

【赏　析】

杜甫晚年，身多疾病，寓居夔州，一贫如洗，借居友人之旧屋。旧屋门前有一棵枣树，杜甫常以枣实为粮，邻居是一位无儿无女的孤单老太，也因饥饿屡到杜甫门前打枣，杜甫不仅不阻拦，还尽力帮她。后来杜甫迁居东屯，将旧屋转让给同样流落在夔州的亲戚吴郎，吴郎却用树枝将枣树围住，不让邻居老太打枣，老太诉诸杜甫，杜甫便给吴郎写了两首诗予以批评，此即其中之一。

诗的前六句就围篱之错，点拨吴郎，最后从家国的高度启迪他：“已诉征求贫到骨，正思戎马泪盈巾”，一个年轻人（吴郎），如果倾听到百姓“贫到骨”的呼号，关注到社会“戎马”之乱状，胸有天下大局，又怎会与一位老人计较几颗枣子呢？此即本诗主旨，一株枣树，几颗枣子，以小见大，突现了诗圣不为己忧而忧百姓，不为己哭而哭大局的家国情怀，读来令人感动，同样会泪满衣巾！

送李副使赴碛西官军

◆ 岑参

名家诵读

火山六月应更热，
赤亭道口行人绝。
知君惯度祁连城，
岂能愁见轮台月。
脱鞍暂入酒家垆，
送君万里西击胡。
功名只向马上取，
真是英雄一丈夫。

【赏　析】

诗人岑参送朋友李副使去边疆统军，这一报国立功的机会令他十分羡慕。李副使是作者心目中的理想人物：万里西击胡，惯度祁连城，不像书生那样见月而伤感，因花而落泪，“功名只向马上取，真是英雄一丈夫”，这便是作者人生态度的真实写照，反映了唐代仁人志士的人生价值观，更是强烈的时代鼓号声。

◆ 卢纶

塞下曲六首（其二）

林暗草惊风，将军夜引弓。
平明寻白羽，没在石棱中。

塞下曲六首（其三）

月黑雁飞高，单于夜遁逃。
欲将轻骑逐，大雪满弓刀。

名家诵读

【赏　析】

诗人卢纶是“大历十才子”之一，其诗擅描摹，多形象。这里“林暗草惊风”一首，借用《史记·李将军列传》中“（李）广出猎，见草中石，以为虎而射之，中石，没镞。视之，石也”的典故，表现了唐时军中将领的过人膂力和高超的箭术。“月黑雁飞高”一首，截取唐军雪夜乘胜追歼逃敌的场面，表现将军的坚决果断和前线将士们的艰苦处境与英雄气概。诗人善于观察生活，捕捉细节，描写瞬间，最终留下了一幅经典的古代战场画面。

卖炭翁

白居易

名家诵读

卖炭翁，伐薪烧炭南山中。
满面尘灰烟火色，两鬓苍苍十指黑。
卖炭得钱何所营？身上衣裳口中食。
可怜身上衣正单，心忧炭贱愿天寒。
夜来城外一尺雪，晓驾炭车辗冰辙。
牛困人饥日已高，市南门外泥中歇。
翩翩两骑来是谁？黄衣使者白衫儿。
手把文书口称敕，回车叱牛牵向北。
一车炭，千余斤，宫使驱将惜不得。
半匹红纱一丈绫，系向牛头充炭直。

【赏　析】

这是一首小型叙事诗，是白居易《新乐府》五十首中的一首。作者通过描写卖炭翁炭车被抢的不幸遭遇，揭露中唐时期腐朽的朝廷最高统治者及其爪牙们抢劫民财的罪恶，反映了广大劳苦大众所蒙受的苦难。

诗的开头点明人物、地点，概述卖炭翁的身世。这位“满面尘灰烟火色，两鬓苍苍十指黑”的孤苦老人，长年累月在终南山砍柴、烧炭，只为能挣得最起码的衣食之资。尽管此时自己身上衣单衫薄，但仍盼天更寒，地更冷，以便能让自己的木炭卖出好价钱。诗的后半写突然而至的宦官以皇命为由，将老翁的木炭打劫一空，仅留下“半匹红纱一丈绫”来充抵炭值。诗中没有任何直接抨击，只是在叙事中表明自己的态度，用白描的手法启迪人们深思。叙事简洁，矛盾突出，层次清晰，结构完整，细腻逼真的人物形象引人同情。

悯农二首

◆ 李绅

春种一粒粟，
秋收万颗子。
四海无闲田，
农夫犹饿死。

锄禾日当午，
汗滴禾下土。
谁知盘中餐，
粒粒皆辛苦。

名家诵读

【赏　析】

这两首诗虽童蒙皆知，但其中深含的道理却非人人都能体会，尤其是第二首中所写“谁知盘中餐，粒粒皆辛苦”，农民常年面朝黄土背朝天，环境之艰苦，劳动强度之大，非亲历者不能感受得到。所以每一粒粮食，皆是农民血汗换来，此语毫不为过。这样看来，无论古今，人们都应珍惜粮食，这一道理要永远讲下去。而在古代，由于社会的不公正，劳动者不得食，“四海无闲田，农夫犹饿死”，这一现象岂不令人愤慨！农民养活了古往今来的社会，我们应当常怀感恩之心，践行勤俭节约的良风美德。

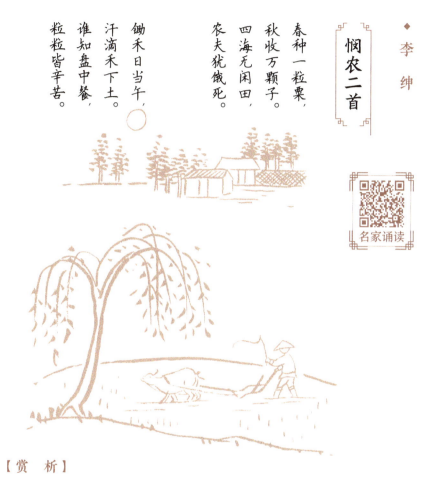

李贺

雁门太守行

黑云压城城欲摧，
甲光向日金鳞开。
角声满天秋色里，
塞上燕脂凝夜紫。
半卷红旗临易水，
霜重鼓寒声不起。
报君黄金台上意，
提携玉龙为君死。

名家诵读

【赏　析】

据史料记载，此诗所描写的是一位唐朝将领平定藩镇叛乱的战争场面。敌兵来犯，情势危急，如同“黑云压城”，但守军士气高涨，誓死守城，金甲闪耀，这种精神如同破开黑云的阳光，改变了眼前的处境。战场上，厮杀惨烈，号角声不断，鲜血浸渍在土地中，夜色里泛出浓重而又暗淡的紫光。远处，驰援部队正半卷红旗悄悄逼近酣战中的易州，行进中悄无声息，大大麻痹了敌人，一到战场，就投入破敌的战斗。“报君黄金台上意”，诗中的守军和援军抱着报效朝廷、忠君爱国的信念，拼死守城，保卫国家的统一与安定，血战到底的精神令人感喟！读此诗，不忘“黑云压城城欲摧”的战争环境描写；读此诗，不忘“提携玉龙为君死”的慷慨、豪迈精神，这就是此诗的千古之义。

名家诵读

南园十三首（其五）

男儿何不带吴钩，
收取关山五十州？
请君暂上凌烟阁，
若个书生万户侯？

【赏　析】

诗的前两句正面抒发男儿之志：身佩宝刀，奔赴疆场，为国杀敌。后两句则从反面说明，真正能让历史记住的，只有那些为国杀敌立功的军人，文弱书生难有作为。这是特定历史条件下一个书生的愤激之辞，重点在于激发人们建功立业的情怀与志向。

名家诵读

陇西行

◆陈陶

誓扫匈奴不顾身，
五千貂锦丧胡尘。
可怜无定河边骨，
犹是春闺梦里人。

【赏　析】

此诗写出了战争的两重残酷性。一是以古代今，明写汉代羽林军奋勇杀敌击破匈奴之事，实写唐朝忠勇将士，誓死保边，伤亡惨重。至此，战争的第一重残酷性凸现了出来。战场上血流成河，无数鲜活而又年轻的生命转眼间就做了刀下鬼，战士的牺牲和付出何其惨烈！但是，死者已矣，生者又如何呢？“可怜无定河边骨，犹是春闺梦里人”，第二重残酷性表现在，朝廷连年征战，家家户户的男丁都被抽调上战场，此一去，杳无音信，留守的娇妻只能在梦中与其相会。但是这种相思的煎熬，还不是最残忍的。最残忍的是征人抛尸战场化作累累白骨，而思妇却毫不知情，犹自做着恩爱团圆的美梦。难以想象，在生者的岁月里，等待、担忧、绝望，将无时无刻不在折磨着人们。家国，人性，时代，此诗留给人们无尽的思考……

官仓鼠

◆ 曹邺

官仓老鼠大如斗，
见人开仓亦不走。
健儿无粮百姓饥，
谁遣朝朝入君口？

名家诵读

【赏　析】

这首诗妙在其隐喻性。以官仓中又肥又大的老鼠见人却不逃跑的事实，质疑造成这种现象的原因，与《诗经·硕鼠》异曲同工。诗的表面是对官仓鼠的质问，实际上是对当时贪官污吏的口诛笔伐，意义深远。

雪

◆罗隐

名家诵读

尽道丰年瑞，
丰年事若何？
长安有贫者，
为瑞不宜多。

【赏　析】

此诗是讽喻时事之作。题目虽名“雪”，内容却并非只是咏雪，而是围绕雪的“丰年瑞”展开。瑞雪兆丰年早已是人们的共识，但“丰年事若何”这一反诘，使全诗新意迭出：如果雪下得太大、太多，长安城内饥寒交迫的贫民连眼前日子都熬不过去，更谈不上等到明年的丰收了，全诗在轻描淡写中饱含着对封建剥削制度的辛辣讽刺和强烈愤慨。

蜂

不论平地与山尖，
无限风光尽被占。
采得百花成蜜后，
为谁辛苦为谁甜？

名家诵读

【赏　析】

全诗由蜜蜂“采得百花成蜜后，为谁辛苦为谁甜”，劳碌一生却享受甚少，生发出对人生的感喟。平淡而有思致，寓意甚深，且语言通俗，形象生动，贴近生活，故千百年来人们万口相传，诵读不辍。

咏蟹

皮日休

未游沧海早知名，
有骨还从肉上生。
莫道无心畏雷电，
海龙王处也横行。

名家诵读

【赏　析】

一般咏螃蟹都骂其“横行霸道”，但此诗却称它“有骨还从肉上生”，颇有“骨气”。螃蟹虽然无“心”，但胆量挺大，“海龙王处也横行”啊！

人“横”一点不奇怪，但要看向谁耍横：在老百姓头上横、在弱势群体面前横，令人厌恶；敢在欺压良善的“海龙王”处横，那才够“仗义”，这便是此诗留给历史的启示。

金钱花

阴阳为炭地为炉，
铸出金钱不用模。
莫向人间逞颜色，
不知还解济贫无？

名家诵读

【赏　析】

有一种名叫金钱花的植物，其名字与形状皆与生活中的铜钱类似，诗人借此托物寄兴，引发感想，从而告诉人们两点：一是有钱不要炫富（“莫逞颜色”），二是有钱要用于救济民生（“济贫”）。这一浅显道理和正确的金钱观，于古于今都值得借鉴。

聂夷中

伤田家

名家诵读

二月卖新丝，五月粜新谷。
医得眼前疮，剜却心头肉。
我愿君王心，化作光明烛。
不照绮罗筵，只照逃亡屋。

【赏　析】

诗人聂夷中出身贫寒，比较了解普通百姓的生活感情。这首诗反映了农民在残酷剥削下剜肉补疮的痛苦，是一篇为世人所传颂的、反映农民疾苦的佳作。“眼前疮”和“心头肉”，这一形象比喻何等惨痛！“绮罗筵”与“逃亡屋”，又形成鲜明的对比，其贫富对立何其尖锐！全诗语言极为简练，而描写却异常深刻具体。诗的语言朴素，思想深刻，风格平实，真实感人，具有强烈的现实主义精神。“医得眼前疮，剜却心头肉”是千古传诵的名句，读来令人痛心！

◆苏拯

医人

古人医在心，心正药自真。
今人医在手，手滥药不神。
我愿天地炉，多衔扁鹊身。
遍行君臣药，先从冻馁均。
自然六合内，少闻贫病人。

名家诵读

【赏　析】

诗人通过古代医人与唐时医者的对比，指出当世需要的是，像扁鹊那样有医者仁心的医人。作者告诉人们：心正术精才是一名合格的医者。在历史的特定时期，治疗人体疾病固然重要，造成国家贫困、民生多艰、社会不公的问题更值得关注。治国需“君臣药”，国强则社会少有“贫病人”，医者要心中装着国家，装着人民，这是一种思想升华，也是家国情怀。

渔家傲

范仲淹

名家诵读

塞下秋来风景异，
衡阳雁去无留意。
四面边声连角起。
千嶂里，长烟落日孤城闭。
浊酒一杯家万里，
燕然未勒归无计。
羌管悠悠霜满地。
人不寐，将军白发征夫泪！

【赏　析】

此词浓墨重彩描绘了边塞生活的艰苦，久戍边地士兵们思乡的苦闷，以及词人自己内心难以排解的乡愁（“家万里”）与刻石记功（“燕然未勒”）的矛盾，显得苍凉悲壮。而正是对这种复杂心境的描写，突出地反映了词人范仲淹忧国忧民之情与沉重的社会责任感。一声“将军白发征夫泪”，震憾人心，响彻千古。

江城子·密州出猎

苏轼

老夫聊发少年狂，左牵黄，右擎苍，
锦帽貂裘，千骑卷平冈。
为报倾城随太守，亲射虎，看孙郎。
酒酣胸胆尚开张，鬓微霜，又何妨。
持节云中，何日遣冯唐？
会挽雕弓如满月，西北望，射天狼。

名家诵读

【赏　析】

苏轼在密州任职时，曾与同官有过会猎活动。此词即写会猎时的盛大场面，并借用历史典故，以孙权自喻，以魏尚自比，抒发了渴望被朝廷重用，实现自己报效国家、建功立业远大抱负的心愿。词的风格雄壮豪迈，是苏轼豪放词中的最具代表性的作品之一。“会挽雕弓如满月，西北望，射天狼”，这种豪气，不仅突破了晚唐以来儿女情长的绮丽词风，扩大了词的题材范围，为词的发展开拓了一条新的道路，而且塑造了一位胆气豪雄的爱国志士形象，这形象非“老夫”，是“少年”，足以激励人们担负起守护国家的社会责任。

◆ 张元幹

石州慢·己酉秋，吴兴舟中作

雨急云飞，惊散暮鸦，微弄凉月。
谁家疏柳低迷，几点流萤明灭。
夜帆风驶，满湖烟水苍茫，菰蒲零乱秋声咽。
梦断酒醒时，倚危樯清绝。
心折。长庚光怒，群盗纵横，逆胡猖獗。
欲挽天河，一洗中原膏血。
两宫何处？塞垣只隔长江，唾壶空击悲歌缺。
万里想龙沙，泣孤臣吴越。

名家诵读

【赏　析】

南宋小王朝偏安江南，不思恢复，张孝祥满腔悲愤无以言表。词的上阕写船上所见，“飞云”“暮鸦”“凉月”“疏柳”，“流萤”“夜帆”“烟水”“菰蒲”，一片清绝、死寂的景象，令人心碎。下阕难抑心中激愤之情：一是对异族侵略者的仇恨，“长庚光怒，群盗纵横，逆胡猖獗”；二是抗敌决心，“欲挽天河，一洗中原膏血”；三是对南宋王朝的失望，“唾壶空击”，“孤臣”悲泣。整首词泣“孤臣”之心，想“龙沙”之情，如此壮烈，读来令人震撼！

满江红

◆ 岳飞

名家诵读

怒发冲冠，凭栏处、潇潇雨歇。
抬望眼，仰天长啸，壮怀激烈。
三十功名尘与土，八千里路云和月。
莫等闲、白了少年头，空悲切！
靖康耻，犹未雪。臣子恨，何时灭！
驾长车，踏破贺兰山缺。
壮志饥餐胡虏肉，笑谈渴饮匈奴血。
待从头、收拾旧山河，朝天阙。

【赏 析】

岳飞写作此词时已三十多岁，抗金虽有心，功业不如意，悲愤之余，呼天抢地。全词表达了英勇无畏的战斗豪情、洗雪国耻的迫切愿望、收复河山的必胜信念，语言铿锵有力，旋律激昂雄壮，谱写了气壮山河的英雄战歌，凝结成词史上辉煌的乐章。“三十功名尘与土，八千里路云和月”，壮志雄心令人景仰，战斗历程引人羡慕，是广为传诵的名句。而“莫等闲、白了少年头，空悲切”之语，又寄托了英雄多少功业期许，激励了历代多少青少年奋发向上的旷世豪情！

诉衷情

◆ 陆游

当年万里觅封侯，
匹马戍梁州。
关河梦断何处，
尘暗旧貂裘。
胡未灭，
鬓先秋，
泪空流。
此身谁料，
心在天山，
身老沧洲。

名家诵读

【赏　析】

封侯拜相，是古代有志男儿的梦想。陆游一生未能实现他“万里觅封侯”的远大志向，待到年老之时，回首往事，不免有所感叹。但陆游与其他词人不同的是，他最为关注的并不只是个人的功名，更有边关的安宁，祖国的统一。“匹马戍梁州”，将其英勇和侠肝义胆描绘得栩栩如生。如今，词人虽已两鬓斑白，可北方的侵略者一日不得荡清，他便一日不得安心。如今，“胡未灭，鬓先秋”，“尘暗旧貂裘”，他还能做什么呢？只能感叹“心在天山，身老沧洲”！词人所悲之事，与个人荣辱浅，与国家关联大，因而，此词的境界和胸怀，要比普通怀才不遇的诗高很多。

张孝祥

浣溪沙·荆州约马举先登城楼观塞

霜日明霄水蘸空，
鸣鞘声里绣旗红，
澹烟衰草有无中。
万里中原烽火北，
一尊浊酒戍楼东，
酒阑挥泪向悲风。

名家诵读

【赏　析】

秋日里登城巡视，天高气爽，澄静明丽；耳听杀声阵阵，眼见红旗招展，本来可让人心生喜悦，士气大振，但作者内心却有沉痛，目光停留处，是几蓬衰草和其中似有若无的淡淡烟霭。词人痛的是什么呢？北望中原，已沦为金人之手，而作者和部下可以杀敌的士兵们，却毫无作为，也无法作为，其内心的悲哀无以言述，竟只能浊酒一杯，泪洒东风啊！

水龙吟·登建康赏心亭

辛弃疾

楚天千里清秋，水随天去秋无际。
遥岑远目，献愁供恨，玉簪螺髻。
落日楼头，断鸿声里，江南游子。
把吴钩看了，栏杆拍遍，无人会，登临意。
休说鲈鱼堪脍，尽西风、季鹰归未？
求田问舍，怕应羞见，刘郎才气。
可惜流年，忧愁风雨，树犹如此！
倩何人唤取，红巾翠袖，揾英雄泪！

名家诵读

【赏　析】

词人在落日余晖中登高望远，触景生情，故国沦陷的仇恨、故乡难归的飘泊、英雄无用的压抑、无人理解的孤独、失落和生命的流逝、时不我待的紧迫感，一齐交织于胸。他拍遍栏杆，看过腰间剑，深广的社会忧患和人生无尽的苦闷在此时此刻喷薄而出，于是便有了这首经典词作。辛弃疾笔下，典故频出，以文为词，充分表现了英雄心灵世界的丰富性和曲折性，慷慨纵横，气势豪迈，沉郁悲壮，意气风发，读来令人“泫然流泪”。

水调歌头·送章德茂大卿使虏

◆ 陈亮

不见南师久，漫说北群空。
当场只手，毕竟还我万夫雄。
自笑堂堂汉使，得似洋洋河水，
依旧只流东？且复穹庐拜，
会向藁街逢！
尧之都，舜之壤，禹之封。
于中应有，一个半个耻臣戎！
万里腥膻如许，千古英灵安在，
磅礴几时通？胡运何须问，
赫日自当中！

名家诵读

【赏　析】

章德茂使金，作者赠此词以壮行色。此前，南宋怯敌竟至无人敢与金人谈判，此次章德茂敢于出使，自应借此大树宋朝正气：今日使虏，他日必令敌人前来朝觐，“且复穹庐拜，会向藁街逢”；似此，则中原儿女坚信：“胡运何须问，赫日自当中”。全词洋溢着强烈的民族自豪感和誓雪国耻的胜利信心，纵横开阖，意气凌厉，感情激越，有着强烈的感染力。

文天祥

酹江月·和

名家诵读

乾坤能大，算蛟龙、元不是池中物。
风雨牢愁无着处，那更寒虫四壁。
横槊题诗，登楼作赋，万事空中雪。
江流如此，方来还有英杰。
堪笑一叶漂零，重来淮水，正凉风新发。
镜里朱颜都变尽，只有丹心难灭。
去去龙沙，江山回首，一线青如发。
故人应念，杜鹃枝上残月。

【赏　析】

这首词是文天祥因抗元被俘后押送燕京途中所作。词中抒写自己“元不是池中物”“方来还有英杰”的雄心壮志，坚信复国事业后继有人，自己“丹心难灭”、视死如归的信念。全篇激越雄壮，慷慨豪迈，充满了强烈的爱国精神和崇高的民族气节，词的风格继承辛弃疾壮词传统，读来令人击节慨叹。

专题研讨与思考

赏析、诵读唐诗宋词经典作品之《励志篇》，你从中受到怎样的精神鼓舞，得到了哪些历史启示？请谈谈你的感受。

读书札记

二 情感篇

乡情友情　亲情爱情

篇首语

乡情友情，人人都牵挂过；亲情爱情，人人都感受过，但从古至今，多少人将乡情友情牵挂于身却熟视无睹？多少人被亲情爱情感动于心却无语表达？唐诗宋词经典作品却将此情描写得淋漓尽致：因为“月是故乡明”，所以“举头望明月，低头思故乡”；因为“海内存知己，天涯若比邻”，所以“从来只有情难尽”。因为有爱，所以盼着“何当共剪西窗烛”；因为有爱，所以“独上高楼，望尽天涯路”……

赏析、诵读唐诗宋词经典作品之《情感篇》，读者心中的同样感受可以得到释放，得到抒发，因而也就懂得珍惜，懂得热爱。

名家开篇

送杜少府之任蜀川

王　勃

城阙辅三秦，风烟望五津。
与君离别意，同是宦游人。
海内存知己，天涯若比邻。
无为在歧路，儿女共沾巾。

名家诵读

【赏　析】

这是一首童蒙尽晓的名诗，朋友远行，诗人送别，深感宦海浮沉，人生艰难，顿生“同是宦游人”之慨。但是，诗人却能积极面对社会，面对人生，所以转而抚慰朋友，男儿有泪不轻弹：“无为在歧路，儿女共沾巾”。更有一声“海内存知己，天涯若比邻”，道尽千古游子心、朋友义、儿女情，直教人抚膺叹赏不已！

望月怀远

张九龄

海上生明月，
天涯共此时。
情人怨遥夜，
竟夕起相思。
灭烛怜光满，
披衣觉露滋。
不堪盈手赠，
还寝梦佳期。

名家诵读

【赏　析】

这是一首思亲怀人的名诗，作者以明月为描写对象，烘托出对远方亲人的思念，情幽怨重，感人至深。“海上生明月，天涯共此时”，突破时空，由景入情，给人以无限的想象空间，千古以来，传为佳句。同时，此诗又承袭楚辞香草美人的寄兴手法，以怀亲寓思君，抒发自己在政治前程上的渴望与追求，如“玉磬含风，晶盘盛露”，成为“五律中《离骚》”，似此，则更耐咀嚼。

过故人庄

孟浩然

故人具鸡黍，
邀我至田家。
绿树村边合，
青山郭外斜。
开轩面场圃，
把酒话桑麻。
待到重阳日，
还来就菊花。

名家诵读

【赏　析】

诗人应邀到农友家做客。农舍在绿树环抱之中，城郭之外，山峦青翠起伏，连绵横斜在远处。诗人和朋友面对窗外，吃着农家饭菜，谈着农事家常。安适，闲静，祥和——好一幅生动、美丽的农村风光图景。质朴，随意，散澹——好一对素心相待、诚挚以对的朋友。要知道，诗人在农庄里推窗望远，面对的是稻场、菜圃，而非纷攘的尘世；举杯小酌，议论的是“桑麻”收成，而非个人名利、官场是非。这便是此诗的主旨，诚所谓“此中有真意，欲辨已忘言”啊！

相思

◆王维

红豆生南国，
春来发几枝？
愿君多采撷，
此物最相思。

名家诵读

【赏　析】

红豆，满含相思之义，多多采摘便是多多寄托相思之情，这是多么含蓄而又韵味深长的叮咛！但此诗究竟是为恋人而作还是为友人而作，读者无法确知。而在唐代，它便已深入人心。据记载，天宝年间，安史之乱后，玄宗逃亡入蜀。宫廷音乐家李龟年流浪到江南，有一次在官府的宴会上演唱了《相思》和王维另一首名作《失题》，满座官吏听后，莫不叹息连声，望着玄宗所在的蜀川热泪横流。至于后世，情人相思，往往以红豆相赠，以此诗相寄，又引出不少佳话。可见此诗足以引起不同时代人们心灵中的广泛共鸣。“愿君多采撷，此物最相思”，将红豆赠给你最相思的人吧！毕竟赠物不在贵贱，而意在传情；只要是真挚、纯洁的相思之情，也能融在那颗小小的红豆中，传递给对方……

名家诵读

九月九日忆山东兄弟

独在异乡为异客，
每逢佳节倍思亲。
遥知兄弟登高处，
遍插茱萸少一人。

【赏　析】

一个人独自生活在异乡，总会有陌生与孤寂之感，尤其在节日的时候，思亲之情格外强烈。王维写此诗时不过 17 岁，但他平白如话的一句“每逢佳节倍思亲”，却道出了古往今来千万游子的共同感受。其实，一首好诗并不在于其语言有多么华美，只要与人们的情感相吻合，就会引起共鸣。实际上，“每逢佳节倍思亲”的感受人人都有，但却未曾以这样朴直、形象的语言说出来，唯独王维将它形诸笔端，道出了人人心中所有、笔下所无的共同情怀。正因为如此，这句诗恐已成为历来被引用最多的名句了。

送元二使安西

名家诵读

渭城朝雨浥轻尘，
客舍青青柳色新。
劝君更尽一杯酒，
西出阳关无故人。

【赏　析】

朋友元二去安西，诗人王维远送至渭城，小雨润湿了古老的驿道，客舍外杨柳青青；朝雨过后，柳叶更加鲜润动人。客中送客，心情格外抑郁，已经饮了许多别离的酒，但诗人仍劝朋友“更尽一杯”，因为今朝一别，不知何时重聚，更何况元二西行将出阳关，到了那荒凉苦寒的关外之地，哪里还会有我这样的老朋友在你身边呢？

诗的动人之处不只是写出了送别时的氛围，更写出了朋友之间的真挚友谊，尤其道出主人对朋友的无限关怀，一声“西出阳关无故人”，恰似拨动了朋友的心弦，产生悠长而又强烈的震颤，以至于“此辞一出，一时传颂不足，至为三叠歌之，后之咏别者千言万语殆不能出其意之外”（明·李东阳：《麓堂诗话》），“阳关三叠”“阳关第四声”，自此千古传唱不绝。

送沈子福之江东

杨柳渡头行客稀，
罟师荡桨向临圻。
惟有相思似春色，
江南江北送君归。

名家诵读

【赏 析】

送别的渡口，岸边杨柳成行。低垂的柳丝在春风中轻轻摇曳，似向行人诉说着别离的痛苦。一群群一对对送别的人都已散去，只有王维和他的朋友沈子福仍然依依难舍。然而，送君千里终须一别，当船夫荡桨开船，要送沈子福去临圻之时，王维深情地说出：“惟有相思似春色，江南江北送君归。”他愿将满腔相思之情融汇进无限的春色之中，无论沈子福走到江南江北的哪一个地方，必将感受到浓浓的春意，也就会感受到朋友的款款深情。

很少有人能像王维这样善于写友情，一联“惟有相思似春色，江南江北送君归”，堪与“劝君更尽一杯酒，西出阳关无故人”同美。试想，“春色”何其绚烂，柔和；“相思”又何其温馨，绵长；相思似春色，春色寄相思，让人顿觉友情之美。而以春色赠友人，又让人感觉友谊之无时不在，无处不存。

人们需要友谊，就像离不了春天一样。

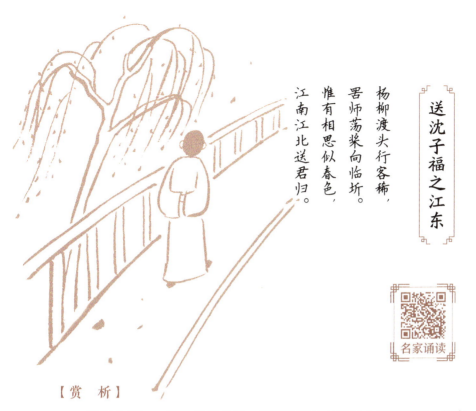

名家诵读

静夜思

◆ 李白

床前明月光，
疑是地上霜。
举头望明月，
低头思故乡。

【赏　析】

这首被称作“妙绝古今”的诗，以清新朴素的笔触，勾勒出一幅生动形象的游子月夜思乡图。诗人从“疑”到“举头”，从“举头”到“低头”，以一系列心理、行为活动，鲜明地刻画夜深人静、乡情萦绕、迷离恍惚、坐卧不安的游子形象。短短四句，写来清新朴素，明白如话，脱口吟成，浑然无迹。从这里，我们不难领会到李白绝句“自然”和“无意于工而无不工”的妙境。

名家诵读

赠汪伦

李白乘舟将欲行，
忽闻岸上踏歌声。
桃花潭水深千尺，
不及汪伦送我情！

【赏　析】

这是一首赠别诗。李白从秋浦漫游至泾县桃花潭，临别时当地平民朋友汪伦带领村民以踏歌的形式前来送行，李白深受感动，脱口吟出此诗。“桃花潭水深千尺，不及汪伦送我情”，如此热情，如此真诚，表达了李白与平民大众之间的友谊，更突现了李白谦逊、朴实的人格。人无论贵贱，无论贫富，均应平等相待，不卑不亢，李白为后世树立了永远的榜样！

名家诵读

黄鹤楼送孟浩然之广陵

故人西辞黄鹤楼，
烟花三月下扬州。
孤帆远影碧空尽，
唯见长江天际流。

【赏　析】

此诗首句“故人西辞黄鹤楼”，点明送别人物和地点，隐含诗人依依惜别之情；“烟花三月下扬州”，则写出了春光明媚的时节和花团锦簇的美景。“孤帆远影碧空尽，唯见长江天际流”，是此诗的精华和诗人着力描绘的主旨所在。诗人长久凝望，目送孤帆破浪远航，消逝在万里碧空，水天相接处，只剩下一片苍茫。诗中有画，画中有诗，情景交融，体现了李白对朋友的一片深情：江面已空，朋友远去，送行的人还在原地凝望，这画面，永远刻在人们心中。

别董大二首（其一）

◆ 高适

千里黄云白日曛，
北风吹雁雪纷纷。
莫愁前路无知己，
天下谁人不识君？

名家诵读

【赏　析】

诗人写此诗时，正是仕途困顿、生活窘迫之际；朋友董大亦因人生囧迫，不得不离开长安。高适送董大，是客中送客，失意人送失意人，本当是惨淡悲凄，但他胸襟广阔，志存高远，所以使得这场冬日黄昏的离别显得开朗、乐观。大丈夫理应遍历天下，志在四方：“莫愁前路无知己，天下谁人不识君？”一语道出人生哲理，自励且励人，成千古绝唱。全诗白描写成，气韵沉雄，境界壮阔，只有劝慰而未见离愁，在唐人赠别之作中独树一帜。

月夜忆舍弟

◆杜甫

名家诵读

戍鼓断人行，
边秋一雁声。
露从今夜白，
月是故乡明。
有弟皆分散，
无家问死生。
寄书长不达，
况乃未休兵。

【赏　析】

安史之乱中，杜甫与其家人分散、流落于山东、河南一带，此时诗人的心情不仅仅是普通意义上的思念，更饱含着“有弟皆分散，无家问死生”，对亲人生死未卜的揪心牵挂。而一句“露从今夜白，月是故乡明”，以对故乡的深情，衬托出对亲人的思念和担忧，这种担忧在战争之时尤令人伤心断肠。诗人以一家一室之离散，折射出战争期间芸芸众生共同的境遇，全诗围绕“忆”字展开，言浅意深，读之催人泪下。从此往后，千百年来，多少迁客骚人、征夫游子望着异乡的朗朗明月，都会不由自主地吟出“月是故乡明”，杜甫此诗亦因此而成千古名篇！

游子吟

孟郊

慈母手中线，
游子身上衣。
临行密密缝，
意恐迟迟归。
谁言寸草心，
报得三春晖。

名家诵读

【赏 析】

作者孟郊曾在此诗题下自注“迎母溧上作”，可知当是作者上任溧阳县尉时为感母亲之恩而作。孟郊一生仕途蹉跎，五十一岁才得官职，但他到任后的第一件事便是“迎母”奉养，足见其孝。诗人在作品中抓住母亲为游子缝制衣衫的一个生活细节，把母爱的至深博大和儿女心中所怀的感激崇敬之情生动地表现出来。全诗从叙事到抒情都写得质朴清新，通俗易懂，具有强烈的艺术感染力。“谁言寸草心，报得三春晖”，千百年来人人感同身受，世代万口相传。它让人们懂得：人的生命源于父母，父母对子女的养育之恩重于泰山，知恩感恩，传统美德，永不能忘。

题都城南庄

◆崔护

去年今日此门中，
人面桃花相映红。
人面不知何处去，
桃花依旧笑春风。

名家诵读

【赏　析】

这首“人面桃花”诗，在中国老幼皆知，但据《太平广记》等书记载，这首诗的背后其实还有一个动人的故事，大意是说：诗人崔护春游时曾在“花木丛生”的山居人家讨水喝，一位少女在家门口桃树下为他倒水，人面桃花，交相辉映，给他留下很深的印象。他忘不了那女孩，次年春天，便又来到这户人家，却见大门紧锁，无有人踪。崔护很失落，便在女孩家的大门上题写了这首诗。其实，那女孩也已爱上了崔护，只是当日因事外出，归来时见门上题诗，知道错过相见的机会，顿时绝望，大叫数声而亡。村民在山中寻回崔护，崔深感痛心，在女孩床前“哭而祝曰：某在斯”，须臾，女孩“开目复活”，二人遂喜结连理，成就一段佳话。

这些传说的真实性已无法考证，但诗中“人面桃花相映红”的美好画面以及“人面不知何处去，桃花依旧笑春风”的微妙感受，都是无法复制的绝妙描写。更重要的是，此诗告诉人们：人面桃花，一见难忘；爱，往往就在瞬间发生，这才叫“缘分”！

竹枝词二首（其一）

刘禹锡

杨柳青青江水平，
闻郎江上唱歌声。
东边日出西边雨，
道是无晴却有晴。

名家诵读

【赏　析】

这是一首拟作的民间情歌。首句起兴，先写环境，点出时令：春潮水涨、杨柳依依，“杨柳青青江水平”；这时，岸边的姑娘听到由远而近的歌声，已经识别出这是自己的恋人，于是，脱口而出：“闻郎江上唱歌声”。后两句则用比喻和谐音双关的修辞手法，将听到歌声后对“有情（晴）”“无情（晴）”的揣摹、猜测心理，表现得惟妙惟肖。“东边日出西边雨，道是无晴却有晴”，切合生活，引人遐想，含蓄风趣，意境绝佳。

名家诵读

柳枝词

清江一曲柳千条，
二十年前旧板桥。
曾与美人桥上别，
恨无消息到今朝。

【赏　析】

二十年前的一段情，至今依然难忘。旧地重游，所见仍是那条小河，那座板桥，那排垂柳，那个季节……。但是，伊人不在，自别后，“你在他乡还好吗？”“谁将你的长发盘起？谁给你做的嫁衣？”这是一种刻骨铭心的牵挂，一种感人至深的情思！

赋得古原草送别

白居易

离离原上草，
一岁一枯荣。
野火烧不尽，
春风吹又生。
远芳侵古道，
晴翠接荒城。
又送王孙去，
萋萋满别情。

名家诵读

【赏　析】

此诗乃白居易十六岁时所作。据记载，作者曾携带自己的诗集去拜见当时的诗坛前辈顾况，顾况一见题名“白居易”，便打趣地说：“长安米价方贵，居亦弗易。”意思是说，长安人才济济，你一介少年，凭这些诗很难在长安出人头地啊！但当顾况翻开诗集，读到此诗中“野火烧不尽，春风吹又生”两句时，不禁惊呆了，忙说：“道得个语，居亦易矣！”意思是，写得出这样的诗，便很容易被诗坛接受了！顾况的评价，连同此诗在当时便传为佳话。

此诗写送别，作者用春天自然界的枯荣交替，来对照、衬托人生的分分合合，更加强调和突出了离别之情。诗的前六句写景咏物，以“离离”绘出草原的新鲜活力，虚写“枯”，实写“荣”。“野火烧不尽，春风吹又生”，着重渲染野草竞生不息，具有顽强的生命力；“远芳侵古道，晴翠接荒城”则起着承上启下的作用，将一幅阳光下野草碧绿、风光无限的古原景色展示在读者面前，同时也点出这是送别的典型环境。最后两句抒离别之情，“又送王孙去，萋萋满别情”，形象和感情的结合非常紧密、自然，面对远行人，诗人希望友人能像碧草一样顽强进取，蓬勃向上。

遣悲怀三首

元稹

谢公最小偏怜女，自嫁黔娄百事乖。
顾我无衣搜荩箧，泥他沽酒拔金钗。
野蔬充膳甘长藿，落叶添薪仰古槐。
今日俸钱过十万，与君营奠复营斋。

名家诵读

【赏　析】

元稹之妻韦丛，出身高门，嫁给元稹时，元稹正身家寒素。贫贱夫妻，相濡以沫，但韦丛 27 岁即英年早逝。后来元稹官居高位，俸钱百万，妻子却不能与之共享，元稹极为悲哀，常以诗抒怀。《遣悲怀》便是其大量悼亡诗中的三首。

这一首回忆婚后“百事乖”的贫困生活：掘野菜，拾落叶，食长藿，烧古槐。但韦丛甘于清贫，尽心竭力照顾元稹。元稹身上无完衣，韦丛翻箱倒柜为其置办；元稹囊中少酒钱，韦丛拔下金钗典卖以沽酒。这一切让元稹深感无以为报，“今日俸钱过十万，与君营奠复营斋”，罪莫能赎，恩无以为报，是最让人的心灵无法安宁的。“营奠”“营斋”，多上供品，既表达对逝者的敬意，也求得自己内心的慰藉，悲夫！

昔日戏言身后意，今朝都到眼前来。
衣裳已施行看尽，针线犹存未忍开。
尚想旧情怜婢仆，也曾因梦送钱财。
诚知此恨人人有，贫贱夫妻百事哀。

名家诵读

【赏　析】

斯人已去，遗物犹存。对于生者而言，或睹物思人，或爱屋及乌，难以忘怀，百般感慨。所以，在韦丛去世之后，元稹遵嘱将韦氏衣物赠与他人，“衣裳已施行看尽”，但却将韦氏用过的针线珍藏着，不忍打开，因为这是最珍贵的纪念品，恐触物伤情。而且，对于韦丛从娘家带来的婢仆，元稹也格外照顾，时常接济钱财。尽管如此，这些已无法弥补韦氏生前所受的清苦，“诚知此恨人人有，贫贱夫妻百事哀”，一语写出了贫贱夫妻同甘共苦的深情，催人泪下。

闲坐悲君亦自悲，百年都是几多时！
邓攸无子寻知命，潘岳悼亡犹费词。
同穴窅冥何所望？他生缘会更难期！
惟将终夜长开眼，报答平生未展眉。

名家诵读

【赏　析】

人死而不能复生，哪怕写出再多再好的悼亡诗，也无法表达生者的思念和悲痛。人在生前的许多誓愿，如“死则同穴”，如来世再做夫妻（“他生缘会”）之类，是很难保证实现的。那么，就夫妻而言，未亡人对逝者的最好报答是什么？“惟将终夜长开眼，报答平生未展眉”，传说鳏鱼常不闭眼，所以古人称丧妻男子为“鳏夫”。元稹誓言自己亦将“终夜常开眼”，既表达了对爱情的忠贞，永不续娶，也显示了其因爱妻夭逝而痛不欲生之状，读后令人嘘唏。

离思五首（其四）

曾经沧海难为水，
除却巫山不是云。
取次花丛懒回顾，
半缘修道半缘君。

名家诵读

【赏　析】

此诗主题以及所怀念的对象，向来有多种说法，但一般认为仍是元稹悼念亡妻韦丛之作。诗人用了两个比喻“曾经沧海难为水，除却巫山不是云”，表达了他与韦丛爱情生活之美好、唯一和不可替代的地位。后两句则由此而深情地表达“取次花丛懒回顾”的坚贞，与《遣悲怀》意旨相同。

◆ 皇甫松

采莲子

船动湖光滟滟秋，
贪看年少信船流。
无端隔水抛莲子，
遥被人知半日羞。

名家诵读

【赏　析】

此诗展现的是江南水乡风物人情，清新隽永，富有民歌风味。湖光潋滟，秋色倒映，采莲的女子被俊美的少年吸引住了，她凝视着，忘记了采莲，而任凭船儿信水漂流。终于，她忍不住了，隔水扔过一株莲蓬，却被远处同伴看见，她娇羞地低下了头，久久不能自已。此诗塑造了一位热情浪漫的采莲女子，勇于追求爱情，却又不失女儿娇羞本色，天真烂漫，别有情趣。诗中“抛莲子”一语最为有味，“莲”谐音“怜”，亦即“爱”的意思，古乐府早有此用法。作者未明言采莲女子示爱，但“抛莲子”的动作却令人忍俊不禁。

雍陶

题情尽桥

从来只有情难尽，
何事名为情尽桥。
自此改名为折柳，
任他离恨一条条。

名家诵读

【赏　析】

据记载，雍陶在简州为官，有一次送客至郊外“情尽桥”，便问手下人“情尽桥”名称由来，属下云：“送迎之地，到此为止。”雍陶不以为然，遂作此诗。全诗无景物铺垫，诗人直抒胸臆，情感饱满奔放，一气呵成。“从来只有情难尽”，可谓千古真谛，无论儿女情，还是友情、亲情，抑或是爱国、爱民之情，都不是说“尽”就可以尽的。人的感情如果真的可以由自己控制，随意而止，那世间就不会有那么多的悲欢离合，人生百年也就少了许多意味。人这一生，“情”是最不可少，也是最难捉摸的。这样看来，还叫什么“情尽桥”呢？不如叫“折柳桥”，折柳送别，千条万条，承载着“离恨”，摇摇曳曳，宣泄出来……

夜雨寄北

李商隐

君问归期未有期，
巴山夜雨涨秋池。
何当共剪西窗烛，
却话巴山夜雨时。

名家诵读

【赏　析】

此诗题目一作《夜雨寄内》，即寄给妻子王氏，也有认为是作者寄给长安友人的。诗的内容是写作者旅居巴蜀时，一次夜雨中正阅读亲人的来信，信中问他何时能回家，他感慨万端，提笔答道：你问我归家的日期 / 我却无法回答你 / 今夜里巴山秋雨淅沥沥 / 池塘水涨急 / 啥时候相聚西窗彻夜谈 / 咱们把蜡烛花儿剪整齐 / 那时节千言万语叙不尽 / 单拣巴山夜雨说详细……

全诗以巴山夜雨的凄清衬托自己思亲的心情，又将眼前分离的寂寞与日后重逢的温馨对比起来，很有艺术感染力。尤其是虚拟中“剪烛夜话”情景的描绘，堪称神来之笔：那人，那事，那情，那境，如同当今电影镜头，直可想见。

人生总会有离家远行的时候，当你途中遭遇特殊经历，或者看到美丽景物，你可要好好地把它记在心底，珍藏着，待到归家的那一天，可以与亲人共同分享……

无题二首（其一）

昨夜星辰昨夜风，
画楼西畔桂堂东。
身无彩凤双飞翼，
心有灵犀一点通。
隔座送钩春酒暖，
分曹射覆蜡灯红。
嗟余听鼓应官去，
走马兰台类转蓬。

名家诵读

【赏　析】

李商隐的“无题”诗最耐咀嚼，它着重体现诗人潜于心底的某种微妙感受。“昨夜星辰昨夜风”，故事发生在昨天晚上：星星在向我们眨眼，显得如此友好和神秘；夜风抚摸着你，又抚摸着我。这样美好的夜晚，还避人耳目，可见发生在“画楼西畔桂堂东”的绝不是寻常之事。“身无彩凤双飞翼，心有灵犀一点通”，可以视作诗人的内心独白，也可以说是他最直接的感受，但他以“彩凤”和“灵犀”的形象表述出来，更平添一种意境美。紧接着，作者又用四句写了当下俩人各自的状态。想来，对方现在应该在热闹的宴会上，与他人把酒言欢，游戏玩乐。而作者自己呢？只能赶赴官署，继续那琐碎无趣的公务。正是这种平日不得相见，难以长相厮守，才让那短暂的一晤显得更加甜蜜难得。所以，照应诗的开头，“心有灵犀一点通”，你就会明白：情人之间，有爱便什么都可以跨越，即使不能朝朝暮暮相处，能做到心心相印也就足够了。

名家诵读

无题

相见时难别亦难，
东风无力百花残。
春蚕到死丝方尽，
蜡炬成灰泪始干。
晓镜但愁云鬓改，
夜吟应觉月光寒。
蓬山此去无多路，
青鸟殷勤为探看。

【赏　析】

这首诗写相思情爱，但主体不明，据传是写给一位女冠子。末二句的“蓬山”和“青鸟”都是道教圣物，可为佐证。既写女冠子，表达上便不能直接明了，故以“无题”冠之。

此诗经典名句颇多，“相见时难别亦难”，一语写出情爱之苦；“东风无力百花残”，则令人肝肠寸断。绵绵情爱，本是令人沉醉的，可是东风无力，百花凋残，在这春归之季，我们不得不分离啊！当然，分离并不代表终结。“春蚕到死丝方尽，蜡炬成灰泪始干”，情感缠绵凄婉，彼此的痴情苦意，九死而未悔。紧接着，诗人笔锋一转，开始推想被思念的女子：离别之后，你晨起梳妆，看镜中容颜憔悴，云鬓蓬乱，而每到夜晚，独对圆月，清辉冰冷，更觉心寒。末二句托咐青鸟传情达意，更透出作者的体贴与思念，亦感人至深！

这首诗的表达方法如同它所吟咏的感情一样，是缠绵、含蓄的，热烈的感情深深地蕴含在鲜明生动的形象中。“春蚕到死丝方尽，蜡炬成灰泪始干”之语，颇为空灵，既写出了男女之间刻骨铭心的爱，又可广泛应用在其他感情的表达上。

温庭筠

更漏子

玉炉香，红蜡泪，偏照画堂秋思。
眉翠薄，鬓云残，夜长衾枕寒。
梧桐树，三更雨，不道离情正苦。
一叶叶，一声声，空阶滴到明。

名家诵读

【赏　析】

温庭筠的词以金碧耀人著称，但这首词却写得清新淡远，清丽自然。词写秋思离情，刻画了一个盼望丈夫归来的思妇形象，表现了词人对这个得不到感情慰藉的妇女的同情。词的上片，前三句写景，借以烘托情思：香烟袅袅，蜡泪斑斑，华丽精美然而却空洞清冷的居室，更衬托出女子绵长的愁思。次三句对女主人公进行白描式的临摹：残眉乱发，更显辗转反侧、愁极无眠之况。下片写室外景，用梧桐夜雨来渲染凄凉的气氛，愁绪溢满屋里屋外。"不道离情正苦"是这首词的画龙点睛之笔，把秋思的内容直为点破。"一叶叶，一声声，空阶滴到明"，句句写景，字字含泪，情景交融，浑然一体，痛彻人心。

菩萨蛮

敦煌曲子词

枕前发尽千般愿，要休且待青山烂。
水面上秤锤浮，直待黄河彻底枯。
白日参辰现，北斗回南面。
休即未能休，且待三更见日头。

名家诵读

【赏　析】

这是一首极具特色的民间爱情词，作者一口气列举了“青山烂”“秤锤浮”“黄河枯”“参辰并现”“北斗回南”“三更见日头”等六种不可能发生的自然现象，以博喻的手法，从侧面表达不可抵御的爱情，其写法与汉乐府民歌《上邪》相似：“上邪！我欲与君相知，长命无绝衰。山无陵，江水为竭，冬雷震震，夏雨雪，天地合，乃敢与君绝”，但是这首词的“休却未能休”更将情绪推出一层波澜，进一步激化了感情。词中以最自然、最朴拙的语言，大胆，奔放，率直地呼号，有极强的感染力。

雨霖铃

◆ 柳永

名家诵读

寒蝉凄切。对长亭晚，骤雨初歇。
都门帐饮无绪，留恋处，兰舟催发。
执手相看泪眼，竟无语凝噎。
念去去，千里烟波，暮霭沉沉楚天阔。
多情自古伤离别，更那堪冷落清秋节！
今宵酒醒何处？杨柳岸，晓风残月。
此去经年，应是良辰好景虚设。
便纵有千种风情，更与何人说？

【赏　析】

柳永一生仕途坎坷，四处流浪。此词描写他离开京城时与情人长亭惜别的情景，以及和情人难以割舍的离愁别恨。柳永词长于铺叙，读来令人畅快淋漓又觉意致绵密。从凄切蝉声、长亭晚照到骤雨初歇，恣意渲染离别时的悲凉和压抑的气氛。再从都门帐饮，毫无情绪，到兰舟催发，泪眼相对，执手告别，作者由表及里，逐层深入地描述离别的地点、场面和双方不忍别又不得不别的情态。叙事写景，景中有情，层层铺排，犹如一首带有故事性的剧曲，展示了情意深浓、缠绵悱恻的一幕。

这是一篇经典的词作，其中重现情人别离情景，“执手相看泪眼，竟无语凝噎”，写尽细节、心理、形象，真挚而又感人肺腑。而一句“今宵酒醒何处？杨柳岸，晓风残月”，想象、渲染之辞，写尽别后人之孤单、寂寞和凄凉，则催人泪下，又令人回味无穷，被后世评论家推为“古今俊句”。

蝶恋花

名家诵读

伫倚危楼风细细，
望极春愁，黯黯生天际。
草色烟光残照里，
无言谁会凭阑意。
拟把疏狂图一醉，
对酒当歌，强乐还无味。
衣带渐宽终不悔，
为伊消得人憔悴。

【赏 析】

这首词以奇巧的构思，含蓄的表现方式，层层递进地抒发了词人对远方心上人的缠绵情思。作者先由登楼望远写起：孤独凄凉的词人独自登高，凭栏望远，望断天涯，只见天际一片凄清，春愁油然而生。接着一笔宕开，叙说自己愁中求乐，欲痛饮狂歌来消释春愁，但强颜作乐，终觉“无味”。全篇千回百折，扑朔迷离，明写春愁，实写相思，直至最后道出：“衣带渐宽终不悔，为伊消得人憔悴”，直接抒发了词人对爱情的忠贞不渝与执着之情。此语真挚感人而成为千古名句，更是千百年来有情男女的爱情誓言，甚至演进而成人们为某一目标执着奋斗的格言，又精妙之极！

蝶恋花

晏殊

名家诵读

槛菊愁烟兰泣露，罗幕轻寒，
燕子双飞去。明月不谙离恨苦，
斜光到晓穿朱户。
昨夜西风凋碧树，独上高楼，
望尽天涯路。欲寄彩笺兼尺素，
山长水阔知何处！

【赏　析】

新秋清晓，残月的余辉一如昨夜斜射房中，彻夜未眠的主人公形单影只，与双双飞去的燕子形成对比，更显其孑然独立的怅惘！经历一夜相思之苦的词人独自登上高楼，可是望尽远方，不见天涯人。欲借“彩笺”与“尺素”遥寄情思，却“山长水阔知何处”？以无可奈何的怅问作结，给人留有想象的空间。

此词以深婉含蓄的笔墨，寂寥高远的意境，传达离别相思之情。“昨夜西风凋碧树，独上高楼，望尽天涯路”句，从时空两方面拓展意境，点出时间上由昨晚到今晓、空间上由帘幕庭院的离愁别绪转向登楼眺望苍茫无尽的天涯路，使固有的怅惘孤寂气氛又增添了几分苍茫旷远之感。词属佳作，是秋日怀人之绝唱，尤其是“昨夜西风凋碧树”三句，其内涵被后世评论家扩展为人生登高望远的一种境界，更为奇特！

南歌子

欧阳修

名家诵读

凤髻金泥带，
龙纹玉掌梳。
走来窗下笑相扶，
爱道『画眉深浅入时无？』
弄笔偎人久，
描花试手初。
等闲妨了绣工夫，
笑问『鸳鸯两字怎生书？』

【赏　析】

此词以通俗风趣的语言，轻灵生动的笔调，描写了一位娇羞可爱的少女形象。上片写少女到了及笄之年，头发盘起来了，开始画眉打扮——姑娘懂得爱美了。下片写少女找邻家大嫂学绣花，绣花时却又关心起“鸳鸯”话题——姑娘懂得爱情了。“画眉深浅入时无？”“鸳鸯两字怎生书？”构成全词的主线，使得全词洋溢着饶有韵味的生活气息，颇具民歌风味。欧阳修此作深受民间小词影响，用语通俗，行文风趣，少女的形象、生活和心理状态跃然纸上，其风格令人耳目一新。

◆晏几道

临江仙

名家诵读

梦后楼台高锁，酒醒帘幕低垂。去年春恨却来时。落花人独立，微雨燕双飞。

记得小蘋初见，两重心字罗衣。琵琶弦上说相思。当时明月在，曾照彩云归。

【赏　析】

此词作者晏几道，曾自陈与歌女莲、鸿、蘋、云过从甚密，相处甚欢，后来世事变迁，四位歌女风流云散，令晏几道无限怅恨。此词乃作者为追忆四位歌女中的小蘋而作。作者以倒叙手法，先写今日怀人，再写人之初见。当年的小蘋，“两重心字罗衣”的倩影，琵琶弦上的相思之曲，都给词人留下深刻而美好的印象。而今，梦回酒醒之后，只见楼台高锁、帘幕低垂，人去楼空的凄凉落寞之感油然而生。全篇自然平实的语句中显见深沉而真挚的情感，“落花人独立，微雨燕双飞”，虽借用前人诗句，用在此处却浑然天成，恰到好处。“燕双飞”“人独立”，两相对照，更衬托出词人伤春怀人的孤寂心情。“当时明月在，曾照彩云归”二句，意境深远，感人至深，给人一种语尽而意不尽，境迁而情未了之感。

鹧鸪天

彩袖殷勤捧玉钟，
当年拚却醉颜红。
舞低杨柳楼心月，
歌尽桃花扇底风。
从别后，忆相逢，
几回魂梦与君同？
今宵剩把银釭照，
犹恐相逢是梦中。

名家诵读

【赏　析】

一般诗词写情爱，多写别后相思之苦，此词却着笔于相逢之后对喜悦的怀疑，来反衬别后相思的真实与痛苦。作者先是浓墨渲染当年与佳人初次相识时的尽情欢宴之乐，追忆当时轻歌曼舞、彻夜狂欢的情深意重。然后再写别后苦苦思忆，常常以相逢的梦境为真实的生活。直至最后才写到今宵重逢，却将真疑梦，生怕失去，真是跌宕起伏，别具韵味。“舞低杨柳楼心月，歌尽桃花扇底风”，写相聚时的生活；“从别后，忆相逢，几回魂梦与君同”，写别后相思；“今宵剩把银釭照，犹恐相逢是梦中”，写“梦”之实现是多么不易。整首词设意精巧，娓娓道来，尤耐咀嚼。

苏轼

江城子·乙卯正月二十日夜记梦

名家诵读

十年生死两茫茫。不思量，自难忘。千里孤坟，无处话凄凉。纵使相逢应不识，尘满面，鬓如霜。

夜来幽梦忽还乡，小轩窗，正梳妆。相顾无言，惟有泪千行。料得年年肠断处：明月夜，短松冈。

【赏　析】

此词作于宋熙宁八年苏轼知密州任上，时距其妻王弗去世恰十年。一天夜里，苏轼梦见千里之遥四川祖茔王弗的孤坟，醒后伤感不已，提笔写下这首情深意切的悼亡词，表达了他与妻子之间至死不渝的情感。词人把个人这十年的境遇和对亡妻的怀念之情融在一起，质朴自然的语言中可见真挚的情感。“不思量，自难忘”两句可谓至情之语：十年来对贤妻的思念深深地埋在心底，已融进自己生活的时时刻刻，此生难忘。这两句纯用白描，却见情之悲苦。而“相顾无言，惟有泪千行”两句，更是用平白如话的语言营造出“此时无声胜有声”的氛围，夫妻的深切情感也在此意境中被推向高潮，即令当今读者读来，依然会觉得撼动心魄，实可谓“从古真英雄必非无情者”！

卜算子

李之仪

我住长江头，
君住长江尾。
日日思君不见君，
共饮长江水。
此水几时休，
此恨何时已。
只愿君心似我心，
定不负相思意。

名家诵读

【赏　析】

此作是历代居于长江两岸痴男怨女们常用的表达爱情的誓词，它抒发了因江水阻隔而不得相见的心上人之间的无尽思念。全词构思巧妙，以悠悠东流的长江为相思男女的连接物，一个在长江这头，一个在长江那头，两地情思因“共饮一江水”而情相牵，意相连。同时，万里长江又是爱情的天然阻隔物，江水长流不息，相思之恨不断，“此水几时休，此恨何时已”，是被长江阻隔的情侣们莫名的遗憾和怨言。然而，尽管江水不竭、离恨无期，痴情的恋人却希望江水带去自己对心上人坚贞的爱，也期望心上人能像自己一样，不负相思，直至永远。这种坚贞、永恒的爱情是古今人们最值得珍惜的感情。此词采用回环复沓、反复咏唱的方式，以滔滔江流写绵绵情思，在明白如话的语言中，表达了真挚的感情，颇有浓郁的民歌风味。

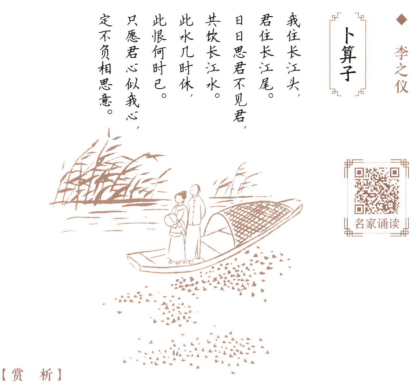

鹊桥仙

◆ 秦观

名家诵读

纤云弄巧，飞星传恨，
银汉迢迢暗度。
金风玉露一相逢，
便胜却人间无数。
柔情似水，佳期如梦，
忍顾鹊桥归路。
两情若是久长时，
又岂在朝朝暮暮？

【赏　析】

此词写牛郎织女的爱情故事：每逢农历七月初七晚上，天上牛郎、织女渡银河，过鹊桥，为爱相会，情动天地。彼时，“人间儿女成狂”，少女们在瓜果架下偷听牛郎、织女脉脉情话，并祈祷自己爱情幸福、婚姻美满。而对词作本身，后世评论家以歌颂态度赞美牛郎、织女执着者有之；以同情态度怜悯牛郎、织女凄苦者亦有之。但此词精彩之处却在“金风玉露一相逢，便胜却人间无数”之语，它告诉人们：有情人的一次约会，胜却无缘者的无数次面对。还在于“两情若是久长时，又岂在朝朝暮暮”，它又告诉人们：幸福的夫妻（如牛郎织女者）不拘于朝夕相守，而在情意久长，心心相印。这是真正懂得“爱”的“骚人语”，是最“超前”的爱情观、婚姻观，是真正的“中国情人节”的艺术境界。读不懂这一点，那就是“风流不见秦淮海（秦观），寂寞人间五百年”（清 · 王士祯《高邮雨泊》），会很遗憾的。

名家诵读

一剪梅

李清照

红藕香残玉簟秋。轻解罗裳，
独上兰舟。云中谁寄锦书来？
雁字回时，月满西楼。
花自飘零水自流。一种相思，
两处闲愁。此情无计可消除，
才下眉头，却上心头。

【赏　析】

深秋，词人独自泛舟出游，无心领略秋日风光，只盼望看到云中的鸿雁是否捎来远行丈夫的书信，然而直到“月满西楼”，鸿雁归来，还是愁思绵绵。这里通过从泛舟到登楼，从白天到晚上，从外出到回家的一系列动作描写和心理刻画，具体生动地表现了词人对丈夫那无法排解的思念之情，体现了漱玉词善于从多角度叙事抒情的风格。“此情无计可消除，才下眉头，却上心头”三句精彩绝妙。写思夫之愁思，由外表及于内心，语淡情深，耐人寻味。

醉花阴

名家诵读

薄雾浓云愁永昼，瑞脑消金兽。
佳节又重阳，玉枕纱厨，半夜凉初透。
东篱把酒黄昏后，有暗香盈袖。
莫道不消魂，帘卷西风，人比黄花瘦。

【赏　析】

这首词是李清照早期和丈夫赵明诚分别之后所作。其时，赵明诚正宦游莱州，李清照独居青州。因为和心爱的丈夫暂时分别，词人心中愁云笼罩，白天，闷坐家中焚香消愁，却愁如烟长，萦绕不断。晚上，单栖独宿，阵阵寒风吹来，枕凉纱冷。重阳佳节，黄昏后赏菊把酒排愁解闷，菊花的幽香盛满了衣袖，人菊相吊，形单影只，更是愁上加愁。“莫道不消魂，帘卷西风，人比黄花瘦”，为写“愁”的千古名句，颇为时人和后世称道。句中不见一“愁”字，一个多愁善感、弱不禁风的闺中思妇形象却栩栩如生地立在读者面前。人与黄花争瘦，巧妙的比喻，凄美的意境，曲折含蓄地道出了词人的离别之苦与相思情怀。此般愁苦情深，难怪词人的丈夫赵明诚也为之动情，据传他曾“忘食忘寝者三日夜，得五十阕”，试图与易安词媲美，但终不及此词。

钗头凤

陆游

红酥手，黄縢酒。
满城春色宫墙柳。
东风恶，欢情薄。
一怀愁绪，几年离索。
错，错，错。
春如旧，人空瘦。
泪痕红浥鲛绡透。
桃花落，闲池阁。
山盟虽在，锦书难托。
莫，莫，莫！

名家诵读

【赏　析】

据多种资料记载，陆游初娶其舅父唐闳之女唐琬为妻，夫妻感情很好，但其母不喜唐婉，二人只得分开。后陆游另娶，唐婉亦改嫁。多年后，在一次春游绍兴禹迹寺南的沈园时，陆游与唐琬相遇。唐琬以酒肴款待，陆游不胜伤感，在沈园壁上题写了这首《钗头凤》。此词写陆游与前妻相聚时的情景。全篇读来，情感挚婉，缠绵悱恻，哀怨动人。“红酥手，黄縢酒”，多年不见，前妻亲手斟酒，还是封存很久的宫酒。这一幕或许曾在当年的夫妻生活中上演过，只是眼前物是人非，景象熟悉，而你我却已不是当初的身份了，这种感觉真是复杂而又惨痛。“东风恶，欢情薄，一怀愁绪，几年离索”，则指彼此虽有欢情，却在外来压力之下不得不分离。思索至此，一怀愁绪，几年相思，诗人不能不悲叹母亲的行为实属“错，错，错”！下阕写春色如旧，可人儿却已消瘦，相思的泪水湿透香帕！桃花依旧笑春风，山盟还在，当年的誓言我也还记得，可是我却难以诉说，也不能再向你诉说了！“莫，莫，莫”的痛苦怎叫人承受得了？全词情感真挚，缠绵悱恻，哀怨动人。“错，错，错”“莫，莫，莫”，应是词人的引咎自责和绝望无奈，这种《孔雀东南飞》式的悲剧，让陆游终身不能忘却其所带来的痛苦，以至到了晚年还不断以《沈园》为题，写诗回忆，饮恨终身。

钗头凤

唐琬

名家诵读

世情薄，人情恶，
雨送黄昏花易落。
晓风干，泪痕残。
欲笺心事，独语斜阑。
难，难，难！
人成各，今非昨，
病魂常似秋千索。
角声寒，夜阑珊。
怕人寻问，咽泪装欢。
瞒，瞒，瞒！

【赏　析】

唐琬这首词是与陆游的《钗头凤》唱和的，续写了陆、唐二人离别之后的状况。“世情薄，人情恶”，词人就像那黄昏中的花朵，遭逢暮雨，不能不落啊！“晓风干，泪痕残”，从黄昏到清晨，常常彻夜难眠，垂泪到天明。想把心事写进书笺，可如今妾不为君家妇，又如何写得？独自一人，斜倚栏干，思来想去，难以下笔，真是“难，难，难”啊！如今君与妾，两不相干，今日与昨日，亦人事全非，况如今，妾相思成疾，命如秋千，晃晃悠悠，恐难久长。此时夜已阑珊，号角悲鸣，怕人寻问，还得咽泪强笑，瞒得新人思旧人，此情何堪……

这首词选取了作者相思的典型片断，虽然直接，但因为所述之情悱恻曲折，字字血泪，难以卒读。且据记载，唐琬作此词之后不久，便抑郁而死，此词遂成为绝唱，悲夫！

鹧鸪天·元夕有所梦

姜夔

肥水东流无尽期，当初不合种相思。
梦中未比丹青见，暗里忽惊山鸟啼。
春未绿，鬓先丝。人间别久不成悲。
谁教岁岁红莲夜，两处沉吟各自知。

名家诵读

【赏　析】

姜夔是南宋著名的婉约词人，擅写情，多佳作。作者年轻时在合肥有一位恋人，分别多年后仍刻骨铭心地记挂着，常在诗词中咏叹。这首词记梦，作于某岁元宵节。词人对梦中相会不作正面铺述，而是隐约其词，欲说还休，却又勾勒清晰，想象丰富。“当初不合种相思”，当年不该播下相思种子，如今自尝苦果，这一描述，看似悔恨，实是极言相思之折磨人；“人间别久不成悲”，则道出情人别离、阻隔痛苦之深沉，希望之麻木；“两处沉吟各自知”，写互相信任，互相理解，肝胆相照，显得格外温馨感人。读此词，谁不道情是真情，语皆警语，词属好词，耐人寻味，直叹才华横溢白石道人（姜夔号）!

专题研讨与思考

赏析、诵读唐诗宋词经典作品之《情感篇》，你心中类似的情感是否得到了释放和抒发？是否更加懂得理解和珍惜人生百味？请谈谈你的想法。

读书札记

三 怀古篇

感时怀古 人生况味

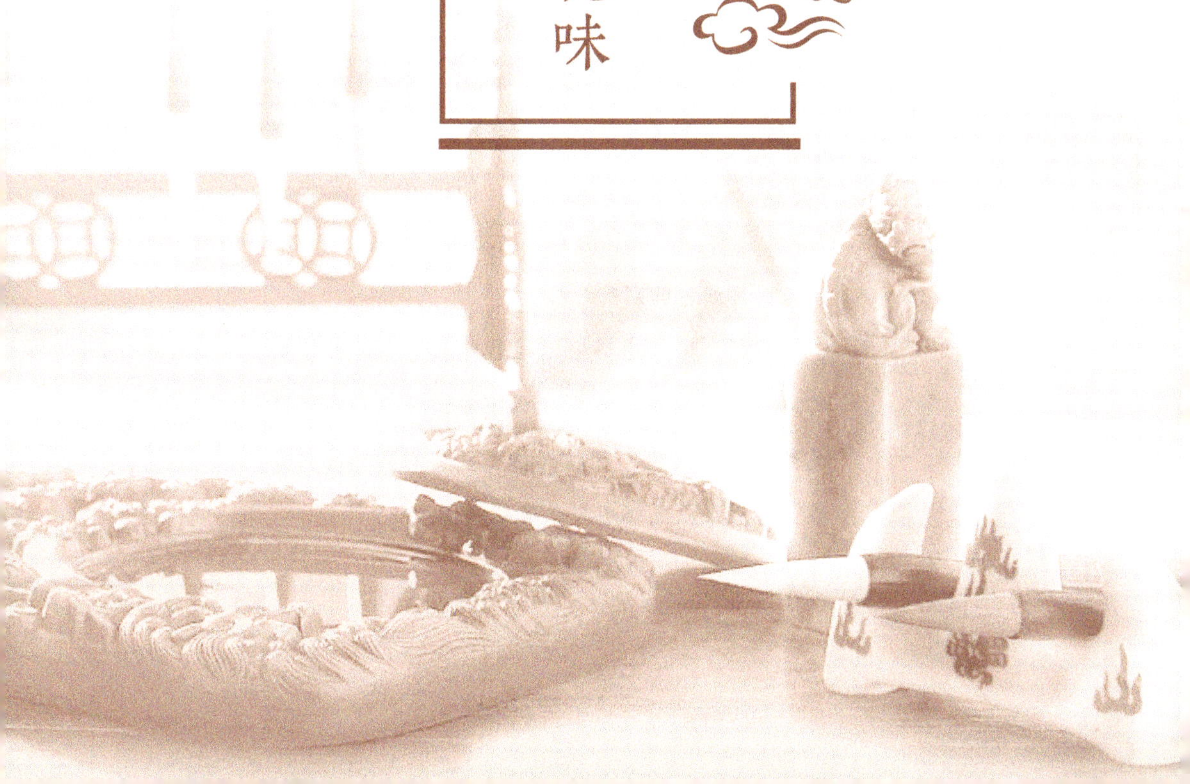

篇首语

古代诗人、词人大多人生坎坷，阅历丰富，他们对世事更迭、宇宙运行看得很透彻，于是便有了“前不见古人，后不见来者”的感慨，有“人事有代谢，往来成古今”的认识，有“年年岁岁花相似，岁岁年年人不同”的叹息，有“无可奈何花落去，似曾相识燕归来”的深沉，当然也有“春风得意马蹄疾”的喜悦，更有“但愿人长久，千里共婵娟”的期待。

赏析、诵读唐诗宋词经典作品之《怀古篇》，你可以凭借更宽的视野认识宇宙，可以站在更高的角度看待人生，可以秉持更宽容的胸怀面对世事，可以采取更豁达的态度品味生活！

名家开篇

滕王阁诗

王勃

滕王高阁临江渚，
佩玉鸣鸾罢歌舞。
画栋朝飞南浦云，
珠帘暮卷西山雨。
闲云潭影日悠悠，
物换星移几度秋。
阁中帝子今何在？
槛外长江空自流。

名家诵读

【赏　析】

唐时，阎伯屿为洪州都督，曾在滕王阁宴请宾客，王勃与会，撰写《滕王阁序》，内有“落霞与孤鹜齐飞，秋水共长天一色”等名句，该《序》即为此诗之《序》。有了一篇《滕王阁序》，《滕王阁诗》反而淹没在它的光芒之中。其实此诗描写滕王阁景色“画栋朝飞南浦云，珠帘暮卷西山雨”，亦堪称绝唱。而诗人凭栏遥想“阁中帝子今何在，槛外长江空自流”，感既“物换星移几度秋”，又与崔颢的“黄鹤一去不复返，白云千载空悠悠”意旨相同。宇宙无穷，人生有限；大浪淘沙，历史无情，正是千古诗人之悲啊！

代悲白头翁

刘希夷

洛阳城东桃李花，飞来飞去落谁家？
洛阳女儿惜颜色，行逢落花长叹息。
今年花落颜色改，明年花开复谁在？
已见松柏摧为薪，更闻桑田变成海。
古人无复洛城东，今人还对落花风。
年年岁岁花相似，岁岁年年人不同。
寄言全盛红颜子，应怜半死白头翁。
此翁白头真可怜，伊昔红颜美少年。
公子王孙芳树下，清歌妙舞落花前。
光禄池台文锦绣，将军楼阁画神仙。
一朝卧病无相识，三春行乐在谁边？
宛转蛾眉能几时？须臾鹤发乱如丝。
但看古来歌舞地，惟有黄昏鸟雀悲。

名家诵读

【赏　析】

这首诗既咏叹“洛阳女儿惜颜色”，又感慨“此翁白头真可怜”。作者告诉人们：人生的“红颜”与“白头”不是永久不变的——“红颜”终会“白头”，“白头”也曾“红颜”（“此翁白头真可怜，伊昔红颜美少年”）。同时，作者还揭示——“年年岁岁花相似，岁岁年年人不同”，宇宙不变，人生易老，这是大自然的规律。在作者生活的那个年代，他难免为人生的无奈而生悲，而在今天，人们在认识了这一规律之后，便应该有一个正确的生活态度，那就是：珍惜红颜，尊重白头，关爱生命，热爱自然！

登幽州台歌

陈子昂

前不见古人，
后不见来者。
念天地之悠悠，
独怆然而涕下！

名家诵读

【赏　析】

这是一首小诗，区区二十二字，居然激起古今无数读者的感慨和共鸣，何也？诗人当时随军出征，忠而见弃，悲愤填膺，登台四望，前不见求贤若渴的“古人”燕昭王，后亦难觅燕昭王式的“来者”。天地悠悠，时空旷远，个人是如此渺小和无能为力，直叫人英雄气短，涕泪横流。诗人将一切有理想、有抱负而又不为时世所容、报国无门的志士心声代为呼喊出来，因而极富感染力。且整首诗声情激越，气韵沉雄，骨气端翔，掷地有声，让人百读不厌。

回乡偶书二首

贺知章

名家诵读

少小离家老大回，
乡音无改鬓毛衰。
儿童相见不相识，
笑问客从何处来。

离别家乡岁月多，
近来人事半消磨。
惟有门前镜湖水，
春风不改旧时波。

【赏　析】

诗人年轻时离开家乡，外出求官，耄耋之年回到故里，家乡的人事、景物令他既熟悉又陌生。几十年风雨飘泊，游子的乡音没有一丝改变，因为这是永远抹不去的家乡的烙印。但如今鬓发稀疏脱落，则记载着岁月的痕迹。更有甚者，年轻一代已认不出远行归来的游子了，一句“笑问客从何处来”，令人顿添陌生感。然而，让游子稍觉安慰的是，尽管眼前物是人非，亲朋故旧消磨过半，但“惟有门前镜湖水，春风不改旧时波”：家乡的湖水，风景如画，春风吹拂，波光粼粼，这情景与少小离家时一模一样。在游子的心中，家乡的湖光山色永远也忘记不了。而故乡的山山水水，也永远不会抛弃游子，她曾微笑着送他远游，如今又微笑着迎接他归来——不变的是慈母般伟大的情怀！

登鹳雀楼

王之涣

白日依山尽，
黄河入海流。
欲穷千里目，
更上一层楼。

名家诵读

【赏　析】

傍晚时分，诗人登上鹳雀楼，举目远眺，晚霞烧红了半边天，更显得远山昏暗苍茫。山背后的太阳赤红似火，在暮霭的烘托下，依傍着远山，恋恋不舍地落下。站在楼上，本望不见海，然而看眼前那滚滚滔滔、奔流不息的黄河，自令人想到它一泻千里，最终必将流归大海。这正是作者的诗思在流动，也正是“白日依山尽，黄河入海流”那雄奇瑰伟的意境和广阔遥远的空间。此时，诗人被眼前的景色所陶醉，他想看得更远，他的心飞向了千里之外的世界，于是便有了“欲穷千里目，更上一层楼”的奇想。是啊，登高才能望远，这一哲理对人生有着极为重要的指导意义：人们要想成就一番事业，永远需要一种“更上一层楼”的攀登精神；而只有“更上一层楼”，才能达到人生的最佳境界。

与诸子登岘山

孟浩然

人事有代谢，
往来成古今。
江山留胜迹，
我辈复登临。
水落鱼梁浅，
天寒梦泽深。
羊公碑尚在，
读罢泪沾襟。

名家诵读

【赏　析】

孟浩然此诗写登山所见所感。“所见”无非是“水落鱼梁浅，天寒梦泽深”，“所感”则因“羊公碑”而起，“羊公碑尚在，读罢泪沾襟”：晋代羊祜镇守襄阳时，常率众登上襄阳城外的岘山观赏风景。一次，他对同游的属下说：“自有宇宙，便有此山，由来贤达胜士登此远望，如我与卿者多矣，皆湮没无闻，使人伤悲。”羊祜颇有政绩，深得人望，他死后，人们在岘山上为之建碑，称“羊公碑”。后来游人登山，想见其为人，追念其怀古伤悲之事，莫不堕泪。所以，“羊公碑”又称“堕泪碑”。当年羊公深感“自有宇宙，便有此山”，可是一代又一代“贤达胜士”却像大浪淘沙，湮没无闻，羊公为之“伤悲”，堕泪。时人怀念羊公，深记他的功业，又不免为之“堕泪”。孟浩然登岘山，读堕泪碑，再为古人“沾襟”。今人诵孟老夫子之诗，想见他平生志不得展，空叹人事无常，又理应为之“湿衣”。那么后人呢？后人会因为我们这一代“作古”而悲叹吗？想必不会。我们这一代人会站得更高，会正确认识“宇宙无穷，人生有限”的规律，把握有限的生命，开创无限的事业。后人会为我们这一代骄傲自豪，会因为我们的业绩而展颜一笑！

名家诵读

芙蓉楼送辛渐

王昌龄

寒雨连江夜入吴，
平明送客楚山孤。
洛阳亲友如相问，
一片冰心在玉壶。

【赏　析】

诗人王昌龄任江宁（今江苏南京市）丞，朋友辛渐前来看望，离开时诗人送他到润州，在芙蓉楼告别。王昌龄个性孤高狂放，不拘小节，曾招致许多人的误解乃至攻击、诽谤，所谓“不护细行，谤议沸腾”。舆论对他的压力很大，他也因此而多次被贬，长期沉沦下僚。但诗人觉得委屈，他用“玉壶冰”这个古老的比喻来向世人表白。“一片冰心在玉壶”，比喻人的品格如同一片白冰置于玉雕的壶中，冰清玉洁，晶莹透明。诗人这样写，既是他胸怀襟抱的自况，又是对人类清纯、高尚品格、情感、节操的高度概括，当然也应当成为今人追求的一种道德修养。

将进酒

◆ 李白

名家诵读

君不见黄河之水天上来，奔流到海不复回。
君不见高堂明镜悲白发，朝如青丝暮成雪。
人生得意须尽欢，莫使金樽空对月。
天生我材必有用，千金散尽还复来。
烹羊宰牛且为乐，会须一饮三百杯。
岑夫子，丹丘生，将进酒，杯莫停。
与君歌一曲，请君为我倾耳听。
钟鼓馔玉不足贵，但愿长醉不复醒。
古来圣贤皆寂寞，惟有饮者留其名。
陈王昔时宴平乐，斗酒十千恣欢谑。
主人何为言少钱，径须沽取对君酌。
五花马，千金裘，呼儿将出换美酒，
与尔同销万古愁。

【赏　析】

此诗是李白在嵩山友人元丹丘处饮酒时所作。作者拟旧题古辞《将进酒》（祝酒歌），表现了鄙弃世俗、蔑视功名富贵的精神境界和傲岸不屈的个性特征，为古今脍炙人口的名篇。全诗笔酣墨饱，气象不凡，感情悲愤而故作狂放，语气豪纵而又沉着，极尽奔涌跌宕之能事，具有震撼人心的气势与力量。“君不见黄河之水天上来”，写出黄河惊人的气势；“朝如青丝暮成雪”，强调人生短暂，宇宙无穷，是传统观念；“人生得意须尽欢”，彰显性格的洒脱；“天生我材必有用”，体现人生的自信；“会须一饮三百杯”，透出“酒仙”的豪气……这些都是此诗令人拍案叫绝的地方。

崔颢

黄鹤楼

昔人已乘黄鶴去，
此地空余黄鶴楼。
黄鶴一去不复返，
白云千载空悠悠。
晴川历历汉阳树，
芳草萋萋鹦鹉洲。
日暮乡关何处是？
烟波江上使人愁。

名家诵读

【赏　析】

诗人崔颢性格豪放，俊才横溢，进士及第之前曾漫游江南，祖国南方山水之明秀又赋予他更多的灵动空远，因而他的诗风在豪放之余又平添几分清丽。此诗从仙人乘鹤的传说谈起，抒发了一种苍茫的时空之感，时光短暂，日月如梭，物是人非，踪迹渺渺。面对历历在目的晴川水和鹦鹉洲，诗人顿生几许迷茫，念天地之悠悠，思故乡之遥远，诗人怅然若失，乡愁萦绕。这首诗冠绝古今，每一句都堪称经典，其对人生认识之深刻，对乡情抒发之剀切，皆令后人难以望其项背。就连李白登黄鹤楼时也只是无奈地叹一声“眼前有景道不得，崔颢题诗在上头”，竟搁笔而去。

杜甫

将赴成都草堂途中有作先寄严郑公五首（其四）

常苦沙崩损药栏，
也从江槛落风湍。
新松恨不高千尺，
恶竹应须斩万竿。
生理只凭黄阁老，
衰颜欲付紫金丹。
三年奔走空皮骨，
信有人间行路难。

名家诵读

【赏　析】

这首诗是杜甫流寓西南从阆州返回成都途中所写，此刻作者历经漂泊，已知世事艰辛，人生坎坷。如今得到朋友严武的荫庇而生计无忧，心中自是无限欣慰，充满对未来的愿景。于是他以此诗表明自己的立场和素来的人生态度，同时借整理草堂向握有权柄的严武进言，希望严武能亲贤能，远小人，赏罚分明："新松恨不高千尺，恶竹应须斩万竿"，是杜甫政治理想精粹所在。他将已遭破坏的草庐喻作满目疮痍的社会，要使草堂焕然一新，就要尽心尽力培育新松，斩除恶竹，惩恶扬善，态度鲜明。这一原则，不仅说与严武为戒，也对今人不无启示。而一句"三年奔走空皮骨，信有人间行路难"，则道尽生活甘苦，能引发读者诸多感悟与同情。

寒食

韩翃

名家诵读

春城无处不飞花，寒食东风御柳斜。
日暮汉宫传蜡烛，轻烟散入五侯家。

【赏　析】

相传春秋时，晋文公之臣介子推功成而不求官禄，与老母隐居山林，文公焚山欲逼其出来，介子推竟抱树被烧死。后来人们为了纪念他，每年冬至后第一百零五日起，三天不生火，只吃冷食，故称“寒食节”，一般在清明前一两天。韩翃的这首诗是一幅唐时长安城内寒食节浓郁情味的风俗画，将京城春景的绚丽和皇帝对内臣的恩宠表现得淋漓尽致。其实，这更是一首讽刺诗，寒食这天本应禁火，但宫中却传烛分火，并且首先分与“五侯”之家。诗人用巧妙蕴藉的笔法抒发心中的愤慨，对当时权势显赫、作威作福的宦官进行深刻的讽刺。但有趣的是，诗中“春城无处不飞花”却成为描写春景的千古名句。

喜见外弟又言别

李益

十年离乱后，长大一相逢。
问姓惊初见，称名忆旧容。
别来沧海事，语罢暮天钟。
明日巴陵道，秋山又几重。

名家诵读

【赏　析】

诗人以精练平易的语言，准确真实地表现了亲人久别相逢的惊喜，以及明天又将分离的不舍和惆怅。诗从日常生活的一个侧面反映了战乱年代的动荡不安，表达百姓对这种颠沛流离生活的不满，对稳定团圆生活的渴望。“问姓惊初见，称名忆旧容”二句，写出久别重逢时既熟悉又陌生的感觉，每一位读者都可以在与老同学、老同事、老战友或儿时玩伴久别重逢的场合，吟诵、咀嚼它，以体味人生的独特感受。

登科后

孟郊

昔日龌龊不足夸，
今朝放荡思无涯。
春风得意马蹄疾，
一日看尽长安花。

名家诵读

【赏 析】

孟郊四十六岁时方得中进士，经历坎坷之后的他以为从此可以忘却昔时“龌龊”窝囊的日子而别开生面、风云际会、龙腾虎跃了，于是按捺不住内心得意之情，吟成这首别具一格的小诗。诗中“春风得意马蹄疾，一日看尽长安花”两句，生动鲜明地描绘了诗人登科后心花怒放，策马奔驰于春花烂漫的长安道上时的得意情景。诗句不仅因思想艺术容量较大，明朗畅达又别有情韵而为人们所喜爱，更因留下了“春风得意”“走马看花”这两个成语而为后人广为传诵。但是，读者在品读此诗时，仍要记住：生活千变万化，人生起落难测，“走马看花”之时别眼花缭乱，沐浴“春风”之际勿“得意”忘形啊！

◆ 张籍

节妇吟

名家诵读

君知妾有夫，
赠妾双明珠。
感君缠绵意，
系在红罗襦。
妾家高楼连苑起，
良人执戟明光里。
知君用心如日月，
事夫誓拟同生死。
还君明珠双泪垂，
恨不相逢未嫁时。

【赏　析】

这首诗明写一位已婚的“节妇”，面对多情的异性人士相赠“双明珠”，自己如何取舍的故事。诗中的女子首先向对方表示尊重，道了声“谢谢”，便将明珠系在红罗短袄外面。但她很快就意识到，自己的家庭颇有社会地位，丈夫又是朝廷公职人员，尽管赠珠者也很优秀，赠珠求爱可以理解，但她和丈夫是恩爱夫妻，誓同生死，容不得半点背叛。于是她向赠珠者退还明珠，并表达了“恨不相逢未嫁时”的遗憾。有鉴于此，读此诗须明白：任何人择偶（择业）一定要谨慎，与其等到将来某一天后悔说“恨不相逢未嫁时”，不如在“未嫁”的时候谨慎选择，免留遗憾。同时，还应明白：人们择偶（择业）更要忠诚，人生一旦做出了选择，就要忠实于自己的选择，而不要总是怀着“恨不相逢未嫁时”的动摇心理。负责任、敢担当是为人的基本品德。

此外，据记载，此诗其实是一首政治抒情诗，是作者回答平卢淄青节度使李师道的。李师道作为一方藩镇，有反叛朝廷、割据称雄的野心，并致信邀请此诗作者，同时又是李之旧友的张籍入幕。张籍深知此事重大，便以此诗委婉谢绝，并表明自己忠于朝廷、维护国家统一的原则立场。所以，读此诗，更应明白：任何人都不能将个人利益凌驾于国家之上，维护国家的统一和团结是公民的道德底线，节操和忠诚是公职人员的基本素养。

酬乐天扬州初逢席上见赠

刘禹锡

巴山楚水凄凉地，
二十三年弃置身。
怀旧空吟闻笛赋，
到乡翻似烂柯人。
沉舟侧畔千帆过，
病树前头万木春。
今日听君歌一曲，
暂凭杯酒长精神。

名家诵读

【赏　析】

诗人刘禹锡因参与朝政改革失败，被贬谪至偏远蛮荒之地，二十余年后奉召回京，在扬州与好友白居易相逢，白有《醉赠刘二十八使君》一诗与刘，刘遂以此诗作答。全诗感慨悲凉而又情绪激愤，诗的前半回顾了二十多年来的酸甜苦辣，既表达了自身的凄凉之情，也抒发对为同一理想献身的友人们的痛惜之意。后半则是诗人对自己不幸际遇的倾诉和无可奈何的自我解嘲。“沉舟侧畔千帆过，病树前头万木春”，是富有形象而含义深刻的名句。诗人以“沉舟”“病树”自喻，慨叹宦海风波险恶，人们的身世遭遇各有不同，但仍坚信改革的风帆会继续奋进，后辈贤达也会续写春天的故事。所以诗人最后高唱：“今日听君歌一曲，暂凭杯酒长精神”，表明自己将不甘沉寂，振作精神，积极进取，去争取胜利，其乐观精神令人感佩！

名家诵读

乌衣巷

朱雀桥边野草花，
乌衣巷口夕阳斜。
旧时王谢堂前燕，
飞入寻常百姓家。

【赏　析】

这首诗咏叹唐时金陵城内秦淮河畔乌衣巷的荒凉，借题抒发作者今昔沧桑之感。诗人选取了野草、斜阳、飞燕三种景物进行描写，表达自己对朝代盛衰兴亡的感慨，寓情于景，含蓄而有韵味。乌衣巷曾是晋代最显赫的官宦家族王导和谢安的住宅区，如今却成为杂草丛生、野花乱开的废弃之地，孤独的夕阳将淡淡的余晖洒落在巷口，似乎是在回味往日的辉煌，就连“旧时”王、谢堂前的燕子，如今竟飞进了寻常百姓之家，它们作为“历史的见证人”，无情地见证着历史的演进。全诗意境邃远，寓意深刻。“旧时王谢堂前燕，飞入寻常百姓家”，既说明世事无常，历史无情，还可以广泛引申，以比喻各种难测之社会现象，因而成为世所熟知的名言。

放言五首（其三）

白居易

赠君一法决狐疑，
不用钻龟与祝蓍。
试玉要烧三日满，
辨材须待七年期。
周公恐惧流言日，
王莽谦恭未篡时。
向使当初身便死，
一生真伪复谁知？

名家诵读

【赏　析】

这首诗作于白居易被奸佞诬陷而贬为江州司马时赴任途中，是组诗《放言》中的第三首。全诗表达了一条深刻的哲理，即对人、对事都要经过时间检验，要全面地看问题，从历史的角度去衡量和判断，不能只凭一时的表象而轻易下结论。诗人从正反两面来论述这个真理，先从正面列举试玉、辨材的例子，“试玉要烧三日满，辨材须待七年期”，说明对事物的判断要待时间长河流过之后，而不能盲目地下结论。接着，又从反面讲述周公、王莽的故事：“周公恐惧流言日，王莽谦恭未篡时”，周公在辅佐成王时，曾被某些人怀疑有篡权野心，但历史证明了他的赤诚；而王莽在未篡汉时，假装谦恭，曾被认为是正人君子，但最终他居然弑君篡位，出人意外。这些例证，将道理说得透彻、有力，同时进一步表达了诗人自己追求真理的坚定信念，相信终会等到罪名洗雪、真伪明辨的那一天。

行宫

元稹

寥落古行宫，
宫花寂寞红。
白头宫女在，
闲坐说玄宗。

名家诵读

【赏　析】

诗的前两句写背景，描写出一种寥落、寂寞的意象。后两句写此境中的人，通过对“白头宫女”的特写，给人以残酷、辛酸的感受。而诗人又以“说玄宗”一语，将眼前的破败、悲凉与玄宗皇帝当年的繁盛联系起来，通过对比，引发出世事沧桑、盛衰无凭的思考。其实，世上哪有长盛不衰的事物，又哪有常青不老之人呢？

◆ 杨敬之

赠项斯

几度见诗诗总好，
及观标格过于诗。
平生不解藏人善，
到处逢人说项斯。

名家诵读

【赏　析】

唐代科举考试有“行卷”“温卷”之风，即考生将自己的作品先行呈送给一些文坛名宿、政界要人，甚至呈献给主考官，请他们指点，以期得到提高而有利科考。项斯就是这样一位即将赴考的年轻人，他曾将自己的诗作呈送给杨敬之。杨敬之读后，甚是喜爱，“几度见诗诗总好”，夸赞不绝。后来，项斯亲自拜见杨敬之，一番晤谈之后，杨敬之对项斯的资质、人品有了更深入的了解，所以情不自禁地夸他：“及观标格过于诗”。项斯的诗品好，人品更好。于是，杨敬之发自内心地说：“平生不解藏人善，到处逢人说项斯。”

杨敬之“平生不解藏人善”，从不掩盖别人的美德，体现了一种博大的胸怀、正直的品格。“到处逢人说项斯”，体现了长者对后生的奖掖、提携，更是一种气度和风范。读此诗，须知同学不应相轻，同行不应相斗，不同辈分之间不应有“代沟”。彼此尊重，互相欣赏，这才是正常、和谐的人际关系。此诗之后，“为人说项”成了一个美好的成语。

金铜仙人辞汉歌并序

李 贺

名家诵读

魏明帝青龙元年八月，诏宫官牵车西取汉孝武捧露盘仙人，欲立置前殿。宫官既拆盘，仙人临载，乃潸然泪下。唐诸王孙李长吉遂作《金铜仙人辞汉歌》。

茂陵刘郎秋风客，夜闻马嘶晓无迹。
画栏桂树悬秋香，三十六宫土花碧。
魏官牵车指千里，东关酸风射眸子。
空将汉月出宫门，忆君清泪如铅水。
衰兰送客咸阳道，天若有情天亦老。
携盘独出月荒凉，渭城已远波声小。

【赏 析】

唐元和八年，李贺因病辞官，由京赴洛，行走路线正是当年金铜仙人雕像由长安运至洛阳所经之途，诗人有感于此事，写了这首诗。金铜仙人，乃汉武帝所建铜人，手托承露盘以储露水。三国魏明帝曹叡建都洛阳时，将金铜人搬离长安，安置在东都，故曰“辞汉”。李贺此诗既描写金铜仙人离别汉宫的情状，又描写金铜仙人的悲凉“心境”，通篇交织着作者对中唐社会烽烟屡起、满目疮夷的家国之痛和自己仕进无门的身世之悲。

金铜仙人亲见朝代更替、人事代谢：汉武帝刘彻一心想不老成仙，但在历史的长河中，他也不过是“秋风客”，如秋风中的落叶眨眼即逝，真是“夜闻马嘶晓无迹”。而汉家宫室虽然桂花依旧，却只剩苔藓遍布。如今，金铜仙人被魏官强行拆离，运往洛阳，此去千里，路途辛苦，不忍离别，因此在恶劣的气候下不免“酸风射眸子”，眼酸心更酸。而路旁送客的兰草也是枯衰不堪，如其心境。最妙的便是诗中一句“天若有情天亦老”，后世司马光称为“奇绝无对”：宇宙间即便是万古常存的上天，目睹此景，也会动情，也有感伤，也生悲哀，何况于人呢？

杜牧

赤壁

折戟沉沙铁未销，
自将磨洗认前朝。
东风不与周郎便，
铜雀春深锁二乔。

名家诵读

【赏　析】

杜牧的咏史诗最爱做翻案文章。就如赤壁一战，从古说到今，人们大都称赞周瑜以弱胜强，是年少周郎战胜年迈曹公（曹操）的经典战例。杜牧则从一件战场上拾得的遗物（残戟），大发历史之叹。但他叹的不是周瑜的文韬武略，不是孙刘联军的勇猛，而是被人忽略的“东风”。若不是东风相助，周郎怎能以“火烧战船”打败曹操？而曹操不败，东吴则亡,“二乔”便会被掳去锁在铜雀台中，更谈不上有后来“三国鼎立”的局面了。杜牧在这里是想告诉人们：在“天时、地利、人和”中，天时何其重要。历史的发展、结局，有时会由变幻莫测的“风云”——这些看似偶然的因素决定，此理亦可引人深思。

当然，读者读此时会关注杜牧所说曹操建铜雀台、发动赤壁之战是为了“锁二乔”的观点，但这是一个误解。发动赤壁之战以抢夺东吴“二乔”，只是一个民间传说，杜牧作为著名历史学家杜佑之孙，当然深知其谬，而他之所以说出“东风不与周郎便，铜雀春深锁二乔”的话来，实际上是借民间传说来表达他对赤壁大战胜负的见解：历史的结局虽然有其必然性，但不可否认，有时某些偶然因素（如冬天罕有的“东风”）也会影响历史进程，这是耐人寻味的。

泊秦淮

烟笼寒水月笼沙，
夜泊秦淮近酒家。
商女不知亡国恨，
隔江犹唱后庭花。

名家诵读

【赏　析】

唐之前，建都于金陵的，多是偏安一隅的政权。统治者不思进取，醉生梦死，沉溺于声色犬马是六朝衰亡的重要原因。秦淮河畔向来是豪门贵族、达官显贵纵情游乐之处，诗人杜牧夜泊秦淮，只见灯红酒绿，只闻笙歌艳曲，于是有感于自己所处时代的衰落，忧国之心顿起，遂吟出“商女不知亡国恨，隔江犹唱后庭花”的警世诗句。《玉树后庭花》是六朝陈后主所创艳曲，但今日秦淮河畔酒家中的歌女们却纷纷传唱，他们并不知这是亡国之音啊！其实，世间真的只有商女“不知”吗？不是，不知亡国恨的正是那些听歌的官僚大臣们，这才让诗人痛心疾首！时光可以流逝，但山川地理依旧；朝代难免更迭，但历史教训不能忘记。一首《泊秦淮》，千载响不绝。

锦瑟

李商隐

锦瑟无端五十弦，
一弦一柱思华年。
庄生晓梦迷蝴蝶，
望帝春心托杜鹃。
沧海月明珠有泪，
蓝田日暖玉生烟。
此情可待成追忆，
只是当时已惘然。

名家诵读

【赏　析】

这是一首广为人知的名篇，关于诗的主题，历代研究者多有揣度：有说是作者李商隐悼念妻子王氏，即王茂元的女儿的；有说是悼念当时朝中“牛党”头目、李商隐恩师令狐楚，或曰悼念“李党”头目李德裕的（李德裕被贬崖州，即今海南岛，最后死在那里，故诗中有“沧海月明”之语）；还有人说是李商隐怀念家中一个名叫锦瑟的丫鬟；当然也有人说是如诗的字面上所表达的，是描写音乐的美妙；但其实，结合李商隐的生平、思想，读者可以体味出此诗实际上是抒发作者人生感悟的。李商隐的诗多为《无题》，此诗虽名《锦瑟》，但不过依《诗经》之例、取首句两字为题而已，故仍可视为一首无题诗，其主旨十分深奥。正如清人王士祯云：“獭祭曾惊博奥殚，一篇《锦瑟》解人难”。

诗一开头云“锦瑟无端五十弦”，为什么是“五十弦”？没来由啊！其实人生亦如此，为什么是这般结果？说不清，道不明。但是，“一弦一柱思华年”，每拨弄一柱一弦，都让人想起过往的岁月，百态兼有，滋味复杂。过往如何呢？诗人用四句诗亦即四个意象说得明白：“庄生晓梦迷蝴蝶”，人生如“梦”，是是非非说不明白。“望帝春心托杜鹃”，望帝化为杜鹃，啼叫的是悔恨和对故国的思念，那是“痛”。“沧海月明珠有泪”，古人传说，月最圆时，珍珠也就最亮最圆，可这珠却带着“泪”，天生便是一段悲哀。“蓝田日暖玉生烟”，蓝田日暖时，玉能生烟，缭绕其上，乃玉之精华，这是一丝“暖”意。

如上所说，此诗是李商隐自述人生感受，但它十分空灵，后世读者读来，可获得许多有益的启示，如：人生的道路有长有短，但大多数人的经历是相似的，即：有迷茫（“迷蝴蝶”），有悲伤（“杜鹃啼”），有泪水（“珠有泪”），有温情（“玉生烟”），五味杂陈，概莫能外。同时，人生虽然说不清、道不明，但还是要珍惜那过去的岁月，因为它记载着你的青春、你的足印、你的经历（“一弦一柱思华年”）。而且，人生有成败起落、悲欢离合、恩怨情仇，但不要太过纠结，还是尘封起来，留给过往（“此情可待成追忆”）。总之，须谨记：为人不要太在意别人对你的态度：“无端”的毁誉，“惘然”的评价，任其置喙吧。担当身前事，何计身后名……

下第后上永崇高侍郎

高蟾

天上碧桃和露种，
日边红杏倚云栽。
芙蓉生在秋江上，
不向东风怨未开。

名家诵读

【赏　析】

这首诗采用比兴象征的手法来抒发落第后的幽怨之情。前两句用“天上碧桃”“日边红杏”来比拟跃登龙门的新进士，对仗工整、词藻富丽。而作者自比为“秋江芙蓉”，则更多了孤高的含义，又暗喻生不逢时的悲哀，寄兴深微。其实，现实生活中不同的人生存环境也往往不一样。有人在“天上”，不缺露水滋润；有人在“日边”，不乏阳光呵护；有人在秋江，十足冷清落寞。但是，当你无奈“生在秋江上”的时候，也必须保持一份“不向东风怨未开”的精神！

己亥岁

曹松

泽国江山入战图，
生民何计乐樵苏。
凭君莫话封侯事，
一将功成万骨枯。

名家诵读

【赏　析】

唐末，一名节度使因镇压黄巢起义而受到朝廷封赏，诗人曹松以此诗予以讽刺。诗中指出，贫困、死亡、战乱、屠杀，是“封侯事”的实质和生民无法“乐樵苏”的缘由，所以才奉劝“凭君莫话封侯事”，因为将军成功的代价是无数生命的消失。“一将功成万骨枯”，词约而意丰，发人深思，确系惊人之句。

李煜

虞美人

春花秋月何时了，
往事知多少？
小楼昨夜又东风，
故国不堪回首月明中。
雕栏玉砌应犹在，
只是朱颜改。
问君能有几多愁，
恰似一江春水向东流。

名家诵读

【赏 析】

这是一首家喻户晓的名篇，大约作于南唐亡国、李煜被俘囚于宋都第三年的七月初七。据记载，“后主在赐第，因七夕，命故妓作乐，声闻于外。太宗闻之，大怒。又传‘小楼昨夜又东风’及‘一江春水向东流’之句，并坐之，遂被祸”。李煜因在生日这天演唱这首《虞美人》，被宋太宗赐牵机毒酒处死，可见此词是他以生命代价换来的绝命词。从词的内容来看，李煜“可怜误作人主”，实在不具备成为帝王的政治才干，他性格中有天真单纯的地方，不能够及时地反省和约束自己，居然在亡国之后毫不避忌地怀念和追忆故国生活，所以才惹来杀身之祸。但是他个人的不幸却成了文学史的大幸。李煜的词，尤其是后期作品，不仅艺术造诣极高，且以一己之愁写出了人类生命体验的共同之愁，从而为后人广为传诵。

开篇“春花秋月何时了，往事知多少？”二句，似是仰天长叹：往事如梦，过去拥有江山的岁月是什么时候完结的啊？当东风吹来的时候，故国情结令人难以承受！结句“问君能有几多愁，恰似一江春水向东流”，则在高度夸张和贴切比喻中将抽象的“愁”具体化、形象化、质感化。愁思犹如春江水，奔流倾泻，连绵不绝，无穷无尽。作者的愁，是难以泯灭的亡国之愁，是无法排遣的生命变幻之愁，朴直说出，令人同情，令人感喟！

名家诵读

相见欢

无言独上西楼，月如钩。
寂寞梧桐深院锁清秋。
剪不断，理还乱，是离愁。
别是一般滋味在心头。

【赏　析】

此词写离愁，却又不同于一般人的离愁，是离别故国之愁。起句“无言独上西楼”描画出孑然一身、形影相吊的孤寂背影，其中有无言的悔恨、无奈的孤寂。而眼前所见秋景又似残酷地诉说着缺憾的人生：“月如钩”，人生亦如残月，何时圆满？而“寂寞梧桐深院锁清秋”，一个“锁”字，暗点作者被囚禁的状况。“剪不断，理还乱”是千古名句，它以丝麻喻离愁，将愁思具体化、形象化，突出其纷繁杂乱，体现了作者亡国后的悔恨和痛苦。更加为人所称道的是结句“别是一般滋味在心头”，作者心中的“滋味”，不仅仅是去国离家的哀愁，作为一位亡国之君，他还要为国破家亡担负很大的责任，所以悲伤中不免有追悔之意。

这首词语言朴实自然，生动流畅，寥寥数语，简单明了，却道出了内心深处的沉痛，震撼人心，是一种悲剧美，恰如后世评论家所言，“粗服乱头，不掩国色”矣。

天仙子

张先

《水调》数声持酒听，
午醉醒来愁未醒。
送春春去几时回？
临晚镜，伤流景，
往事后期空记省。
沙上并禽池上暝，
云破月来花弄影。
重重帘幕密遮灯，
风不定，人初静，
明日落红应满径。

名家诵读

【赏　析】

据考证，张先作此词时正任职秀州（今浙江嘉兴）通判，职位低微且又年过半百。这首临老伤春之作，把慨叹前途渺茫之情与伤春之愁交融在一起，感情激切、深沉。与一般词作的写法不同，此词上片抒情，由浅入深，层层推进，拈出全词主旨。“临晚镜，伤流景，往事后期空记省”，抒发人生无限感慨，实令人同情。词的下片写景，没有用任何带感情色彩的词汇，而愁绪自蕴其中。此词闻名于世，还在于词人锤炼佳句，使全词增辉。“云破月来花弄影”是千古名句，诚如王国维在《人间词话》中说：“着一‘弄’字而境界全出。”“弄”字生动地表现出花影的动态，极富空灵之美。时人宋祁因此称作者张先为“云破月来花弄影郎中”。

浣溪沙

晏殊

名家诵读

一曲新词酒一杯，
去年天气旧亭台。
夕阳西下几时回？
无可奈何花落去，
似曾相识燕归来。
小园香径独徘徊。

【赏　析】

晏殊是北宋仁宗朝宰相，又是文坛领袖，声望很高，影响一时。他的词风端庄高雅，温润秀洁，是典型的达官贵人词。这首《浣溪沙》写词人在黄昏时分独自徘徊于落花的小径，握酒听曲，眼中的天气、亭台、夕阳、燕子，都与去年今日一样，但物是人非，时不再来，不禁触景感怀，油然而生暮春的惆怅与伤感。全词短小简白，但意蕴深远。词人以其细腻的感受，清婉的笔调，在一片闲静气氛中抒写出淡淡的幽思与闲愁。“无可奈何花落去，似曾相识燕归来”两句，对语工巧，既是词人悼惜春残、感伤年华流逝的怅惘心绪的写照，又使人在明白如话的吟咏中，体认宇宙无穷、人生有限的真理。

蝶恋花

欧阳修

庭院深深深几许？杨柳堆烟，
帘幕无重数。玉勒雕鞍游冶处，
楼高不见章台路。
雨横风狂三月暮。门掩黄昏，
无计留春住。泪眼问花花不语，
乱红飞过秋千去。

名家诵读

【赏　析】

欧阳修词风与晏殊类似，深婉含蓄，韵味无穷，人称“欧晏”。这首《蝶恋花》写三月暮春，雨横风狂，落花飘零，少妇无计挽留春天的消逝，也无法挽留青春年华以及往日生活中美好时光的逝去。词写闺怨，却通篇不见“怨”字，而是采用拟人化手法，借“留春”“问花”来刻画少妇的内心活动，抒写其难言的苦痛。起句“庭院深深深几许”，采用设问手法，将“深深深”三字叠在一起，致使全篇语婉而意深，一方面点明少妇被禁锢在深深的庭院之中，青春年华悄然逝去；另一方面，少妇高楼痴望、独守深院与丈夫终日在外游荡，形成鲜明对照，为抒写少妇伤春和自伤之情做作了很好的铺垫。结句“泪眼问花花不语，乱红飞过秋千去”，看似问得没有道理，恰深深地传递出女子心中的怨愤与无奈，故向为词论家所赞誉，被称作“层深而浑成”。

苏轼

念奴娇·赤壁怀古

大江东去，浪淘尽、千古风流人物。
故垒西边，人道是、三国周郎赤壁。
乱石崩云，惊涛裂岸，卷起千堆雪。
江山如画，一时多少豪杰！
遥想公瑾当年，小乔初嫁了，雄姿英发。
羽扇纶巾，谈笑间、樯橹灰飞烟灭。
故国神游，多情应笑我、早生华发。
人间如梦，一樽还酹江月。

名家诵读

【赏　析】

据宋人俞文豹《吹剑录》载：东坡在玉堂（翰林院），有幕士善讴。因问："我词比柳词何如？"对曰："柳郎中词，只好十七八女孩儿，执红牙拍板，唱'杨柳岸晓风残月'；学士词，须关西大汉，执铁板，唱'大江东去'。"这里说的关西大汉执铁板，唱"大江东去"，指的就是苏轼这首《念奴娇》；同时，须"执铁板"歌唱，也准确描状了苏轼的词风。

苏轼写作此词时，正值其因乌台诗案被贬黄州两年有余，为寻找精神上的慰藉，思想苦闷的他荡舟赤壁之下，寄情山水之间。滚滚的长江、雄伟的赤壁、如画的江山、雄姿英发的俊杰，激起了词人豪迈奋发的感情，也加深了他内心老之将至而壮志难酬的深深苦闷。这一切，都描写在他的词作之中。整首词笔力雄健，豪放与旷达兼而有之，历来被看作苏轼豪放词的代表。词中“大江东去，浪淘尽、千古风流人物”，为千古名句，气象开阔，辽远雄伟，不仅写出了长江奔流、一去不复返的气势，而且形象地写出了长江后浪推前浪、江山代有才人出的至理，抒发了词人对“千古风流人物”的怀念和向往。今人读来，亦能激发英雄之气概而决心成为风流人物的志愿。

水调歌头

丙辰中秋，欢饮达旦，大醉，作此篇。兼怀子由。

明月几时有？把酒问青天。
不知天上宫阙，今夕是何年。
我欲乘风归去，又恐琼楼玉宇，
高处不胜寒。
起舞弄清影，何似在人间！
转朱阁，低绮户，照无眠。
不应有恨，何事长向别时圆？
人有悲欢离合，月有阴晴圆缺，
此事古难全。
但愿人长久，千里共婵娟。

名家诵读

【赏　析】

此词是苏轼任密州知州时所作，中秋节晚上，其与手足情深的弟弟子由已有七年未见，加上自己政治上又处于逆境之中，抬头望月，不禁感慨万分。词中既借月慨叹人生的离合无常，又透出词人在“进”与“退”、“仕”与“隐”之间难以抉择的矛盾心情。但是，“起舞弄清影，何似在人间”，苏轼能从幻想回到现实，以“起舞弄清影，何似在人间”的态度，解决了其心中出世与入世的矛盾，表达出他对生活的热爱和洒脱、旷达的胸怀，以及积极乐观的人生态度。所以，就连当时的皇上读了此词也深受感动，慨叹“苏轼终是爱君”。

此词也是苏轼哲理词的代表作。在皓月当空、孤高旷远的意境中，渗进词人对宇宙和人生的理解与认识，“人有悲欢离合，月有阴晴圆缺，此事古难全”，充满了浓厚的哲学意味，可以说是一首将人与宇宙、自然和社会高度契合的精妙之作。今人读此词，须知：“天堂”再美，何如人间；悲欢离合，此事难全；健康快乐，方为美谈！

踏莎行

贺 铸

杨柳回塘，鸳鸯别浦。
绿萍涨断莲舟路。
断无蜂蝶慕幽香，
红衣脱尽芳心苦。
返照迎潮，行云带雨。
依依似与骚人语。
当年不肯嫁春风，
无端却被秋风误。

名家诵读

【赏　析】

词中的荷花生长在浮萍丛密的偏僻之地，莲舟不来，蜂蝶不慕，幽香的荷花只有自开自落，满腔的心事只能与骚人共语。词人采用比兴手法，借荷花之语感叹自己孤芳自赏、不肯趋时，以致志不能行、才不得展的人生结局，融情于景，辛酸感人。“红衣脱尽芳心苦”，以莲心之苦比喻自己心境之苦，视角新奇却又不失于理。“当年不肯嫁春风，无端却被秋风误”，作者对年轻时清高品性的一丝悔意，概括了人生的许多经验与感悟，也值得深思。

晁补之

水龙吟·次韵林圣予惜春

问春何苦匆匆，带风伴雨如驰骤。
幽葩细萼，小园低槛，壅培未就。
吹尽繁红，占春长久，不如垂柳。
算春常不老，人愁春老，愁只是、人间有。
春恨十常八九，忍轻辜、芳醪经口。
那知自是，桃花结子，不因春瘦。
世上功名，老来风味，春归时候。
纵樽前痛饮，狂歌似旧，情难依旧。

名家诵读

【赏　析】

此词为唱和之作。词人以旷达之情劝友人不必为春天的逝去而生春愁，落笔异于其他“惜春”之作而别具一格。虽然小园中“壅培未就”的嫩花小朵，不如垂柳占春长久，一经风雨便繁红落尽，但花落不是因春归去，而是结子自瘦。词人通过对花开花落的自然现象进行层层剖析，说明春归本为自然规律，况且春归春又回，故无须徒生春恨的道理，同时又借自然界春归之不可免，引发对人生之“春归”的感伤和叹息：自然界“春恨”尚且“十常八九”，人生“春归”则难以挽回。这样看来，“世上功名，老来风味，春归时候”，最是人生可堪慨叹的事。此词写景、抒情、明理三者相融，浑然一体，蕴藏着极深的人生哲学。

如梦令

李清照

名家诵读

昨夜雨疏风骤。浓睡不消残酒。
试问卷帘人，却道海棠依旧。
知否，知否？应是绿肥红瘦！

【赏　析】

此词拾取了一个别有生活情趣的片断。风雨交加的晚上，词人酒后酣睡，及至天明，醉意未消，忽然急切地想知道窗外的花事如何，粗心的侍女却漫不经心地随口回答："海棠依旧。"词人微感不快，禁不住连用两个"知否"与一个"应是"来责问与驳斥。浅白平实的对话，既巧妙地写出了主仆二人的身份、动作、神态，又映衬出词人对春天细腻的体察和一腔深婉的情思。虽为一首篇幅简短的小令，却内容丰富，情节新奇，意境深远。尤其是"绿肥红瘦"之语，精练、生动、形象，以暮春时节的海棠"花瘦""叶肥"形态，暗示春天的逐渐消逝，含蓄深婉地透露出词人的惜春之情。

声声慢

寻寻觅觅，冷冷清清，凄凄惨惨戚戚。
乍暖还寒时候，最难将息。
三杯两盏淡酒，怎敌他晚来风急？
雁过也，正伤心，却是旧时相识。
满地黄花堆积，憔悴损，如今有谁堪摘？
守着窗儿，独自怎生得黑！
梧桐更兼细雨，到黄昏、点点滴滴。
这次第，怎一个愁字了得！

名家诵读

【赏　析】

李清照晚年避难江南，夫死家破，孤寂无依，万般凄凉。这首《声声慢》即是她晚年悲凉境遇、苦楚心境的真实写照。全词以深秋凄清的意境为陪衬，以“愁”为贯穿全篇的主线，层层铺叙。从酒难消愁、雁过伤心，写到菊花枯萎凋落满地；从独守绮窗、度日如年，写到秋雨梧桐，淅沥细雨，滴落枯叶，也敲打着心弦。在这里，人们仿佛听到了词人如泣如诉的叙说：家与国的悲痛怎能用一个“愁”字概括得尽！此词最突出之处是以“寻寻觅觅，冷冷清清，凄凄惨惨戚戚”一组双声叠韵连绵词来开头，使得整首词深邃而新奇，读起来明白如话、琅琅上口，舒缓低沉的旋律，正切合词人心中真挚细腻的情感和寂寞愁苦的心境，竟令后世词人模仿不断，评论家赞不绝口，亦是文坛趣事！

青玉案

辛弃疾

东风夜放花千树。更吹落，星如雨。宝马雕车香满路。凤箫声动，玉壶光转，一夜鱼龙舞。
蛾儿雪柳黄金缕，笑语盈盈暗香去。众里寻他千百度，蓦然回首，那人却在，灯火阑珊处。

名家诵读

【赏　析】

此词上片写景，下片写人，借元宵佳节的繁华景象，用衬托的手法，写出热闹中的冷寂，繁华中的宁静，作者所追慕的正是这样一个幽独的美人。“众里寻他千百度，蓦然回首，那人却在，灯火阑珊处”，写追寻“美人”的艰苦与执着，以及蓦然相见的惊喜，类似于人生对理想、目标的追求，也是一种成功的境界，因而这几句词便成为流传千古的名句。

丑奴儿·书博山道中壁

少年不识愁滋味，爱上层楼。爱上层楼，为赋新词强说愁。

而今识尽愁滋味，欲说还休。欲说还休，却道天凉好个秋。

名家诵读

【赏　析】

本词写于作者罢官闲居信州带湖之时。词的上、下两片内容上形成强烈对比：上片写少年时代的不谙世故，“不识愁滋味”“爱上层楼”“为赋新词强说愁”，一副幼稚、肤浅做派；下片则写如今饱经忧患、“识尽愁滋味”却“欲说还休”的苦闷与压抑，活脱脱一个忍悲含愤的落魄者形象。全篇通过人生历程中的不同感受，写出两种截然不同的思想，词意深婉，引人思考。其实，每个人在年轻时往往激情飞扬，有愁无愁都急于表达；而到中年以后，经历多了，见识广了，许多感受反而沉积在心底，细细品味，不轻易示人。此词即道出这一现象。

唐多令

吴文英

名家诵读

何处合成愁？离人心上秋。纵芭蕉、不雨也飕飕。
都道晚凉天气好，有明月、怕登楼。
年事梦中休，花空烟水流。燕辞归、客尚淹留。
垂柳不萦裙带住，漫长是、系行舟。

【赏　析】

吴文英是南宋后期著名的婉约派词人，其作品格律规整，词藻华丽，抒情细致，“如七宝楼台，眩人眼目”。这首词写清秋时节与友人惜别，就眼前之景抒发离别之愁，主观情绪投映到客观物象上，恰到好处地表现了漂泊生涯中的失意情怀。“何处合成愁？离人心上秋”，通过拆读“愁”字的字面含义，形象地道出了自古以来人们对“愁”的深刻感悟和体验，颇耐人寻味。

蒋捷

一剪梅·舟过吴江

一片春愁待酒浇。江上舟摇，楼上帘招。秋娘渡与泰娘桥，风又飘飘，雨又萧萧。

何日归家洗客袍？银字笙调，心字香烧。流光容易把人抛，红了樱桃，绿了芭蕉。

名家诵读

【赏　析】

这首词抒写客愁，语言通俗，音节谐畅，就像一首乐歌的行板，忧伤地唱出了羁旅中的春怨乡愁。上阕“风又飘飘，雨又萧萧”，令人想见舟行江湖的艰辛；下阕“红了樱桃，绿了芭蕉”，又让人感受晚春初夏的景致，更为“流光容易把人抛”做了形象的注解，慨叹之中给人以唯美的想象，韵味无穷。

专题研讨与思考

赏析、诵读唐诗宋词经典作品之《怀古篇》，你是否可以站在更高的角度看待历史，是否可以秉持更宽容的胸怀面对世事？是否可以采取更豁达的态度品味人生？请谈谈你的看法。

读书札记

四 景物篇

山光水色　人情物趣

篇首语

河山之雄，风物之秀，乃造物主所赐；人情之妙，神态之趣，乃生活中天成。诗人眼光之独到，词人笔墨之神奇，就在于他们能刻画，善捕捉，会描摹。否则，怎么会留下那么多写景名句：“不知细叶谁裁出，二月春风似剪刀”“飞流直下三千尺，疑是银河落九天”“春潮带雨晚来急，野渡无人舟自横”“可怜九月初三夜，露似真珠月似弓”“路人借问遥招手，怕得鱼惊不应人”“停车坐爱枫林晚，霜叶红于二月花”“绿杨烟外晓寒轻，红杏枝头春意闹”……

赏析、诵读唐诗宋词经典作品之《景物篇》，可以提升读者的审美能力，可以激发读者的生活情趣，可以通达读者的人生境界！

名家开篇

正月十五夜

苏味道

火树银花合，
星桥铁锁开。
暗尘随马去，
明月逐人来。
游伎皆秾李，
行歌尽落梅。
金吾不禁夜，
玉漏莫相催。

名家诵读

【赏　析】

诗人为我们描绘了一千多年前那个“火树银花不夜天”的元宵佳节之夜：长安城内，到处彩灯错落，如同千树万树怒放的花朵；映着城头与岸边的灯火，护城河犹如银河繁星跌落，护城河上，吊桥落下，城门尽开；灯光月影下，游人打扮得花枝招展；夜空之中，飘荡着《梅花落》的旋律。通宵达旦，金吾不禁，玉漏不催。这是太平盛世的安宁景象，是万民同乐的和谐氛围。人逢盛世多么幸福，亲身参与何其畅快！

名家诵读

咏柳

贺知章

碧玉妆成一树高，
万条垂下绿丝绦。
不知细叶谁裁出，
二月春风似剪刀。

【赏　析】

人们常以“风摆柳”比喻女子的轻盈纤巧，婀娜多姿。而此诗则以女子的婷婷玉立、楚腰纤细来比喻柳树枝干的挺拔；又巧借碧玉代指绿叶，以裙带丝绦象征柳枝。以物喻人，可增强人的形象美；而以人喻物，则更显神韵。诗的精彩之处还在于“二月春风似剪刀”一句：柳枝上细叶精巧，原是天工剪裁而出，人力怎比天成！读后使人对柳树之美、春日之丽更充满想象力。

春江花月夜

张若虚

名家诵读

春江潮水连海平，海上明月共潮生。
滟滟随波千万里，何处春江无月明。
江流宛转绕芳甸，月照花林皆似霰。
空里流霜不觉飞，汀上白沙看不见。
江天一色无纤尘，皎皎空中孤月轮。
江畔何人初见月？江月何年初照人？
人生代代无穷已，江月年年只相似。
不知江月待何人，但见长江送流水。
白云一片去悠悠，青枫浦上不胜愁。
谁家今夜扁舟子？何处相思明月楼？
可怜楼上月徘徊，应照离人妆镜台。
玉户帘中卷不去，捣衣砧上拂还来。
此时相望不相闻，愿逐月华流照君。
鸿雁长飞光不度，鱼龙潜跃水成文。
昨夜闲潭梦落花，可怜春半不还家。
江水流春去欲尽，江潭落月复西斜。
斜月沉沉藏海雾，碣石潇湘无限路。
不知乘月几人归，落月摇情满江树。

【赏　析】

在中国诗歌史上，声名显赫的诗人其实并不全是因为作品数量“多”，而往往在于作品质量“精”。张若虚便是一位以作品的艺术质量而奠定自己在诗歌史上地位的诗人，他平生只有两首诗流传下来，其中之一便是被人誉为“诗中的诗”的《春江花月夜》。

春天是美好的，滚滚滔滔的大江是美好的，百花盛开的景象是美好的，春宵良夜是美好的，而那亘古以来照耀着人间的月亮更是美好的。张若虚的《春江花月夜》正是将这五种美好的景物构织在一幅图画里。而在美丽的大自然面前，人们会生发出人与自然、人与宇宙关系的遐想："江畔何人初见月？江月何年初照人？"是啊，自开天辟地以来，人间是谁第一次见到月亮？天上的月亮又是从何时开始照耀人间的？很显然，如前面许多诗歌所咏，答案只有一个，那就是：人生有限，宇宙无穷。但是，面对这一规律，人们却持有不同的人生观。张若虚认为："人生代代无穷已，江月年年只相似。"一个人的一生虽然是有限的，但人类的代代承传和精神永存却可以同天地之长久、月亮之永恒相媲美。同样，人生虽然短暂，情感相连却又是无限的，于是便有"谁家今夜扁舟子？何处相思明月楼？"的游子思妇的相思与爱恋。

人的一生中见过许多优美的景物，但你是否欣赏过春江花月夜这样的美景？人的一生中会有许多感情的经历，但你是否体味过"愿逐月华流照君""昨夜闲潭梦落花"这样的温情与痴迷？人的一生中也会有许多哲学的思考，但你是否思考过"人生代代无穷已，江月年年只相似"这样的人生与宇宙的命题？如果没有，不妨读一读《春江花月夜》，你便可徜徉于诗的意境中，领略到大自然的美，体悟到人生的意趣。如果你有过上面所说的经历，也不妨读一读《春江花月夜》，你或许会与作者产生共鸣，从而加深你对生活的认识和对人生的思索。

名家诵读

采莲曲二首（其二）

王昌龄

荷叶罗裙一色裁，
芙蓉向脸两边开。
乱入池中看不见，
闻歌始觉有人来。

【赏　析】

这是一幅活生生的人物画、风景图。“荷叶罗裙一色裁”，荷塘中，采莲女飘逸的罗裙与摇曳的荷叶仿佛用同一种碧绿的料子裁剪而出；“芙蓉向脸两边开”，洁白的荷花簇拥着采莲女的粉面，互相映衬，难分彼此。而正当此时，一阵悠扬的歌声从荷丛中传出，人们听觉与视觉并用，“闻歌始觉有人来”。

自然美丽的荷塘，因与采莲女“同框”而更显青春的气息与生活的情趣，王昌龄笔下的采莲女真可谓赏心悦目！

鹿柴

王维

空山不见人，
但闻人语响。
返景入深林，
复照青苔上。

名家诵读

【赏　析】

诗中写的是“空山”，但山之“空”却以“人语响”来反衬，实为高超的写作技巧，耐人寻味。最为精彩的还是诗的后两句“返景入深林，复照青苔上”，这是画面，恰如当今的“摄影”作品。作者以青苔上的阳光亮点来衬托深林的幽暗，给人印象深刻。

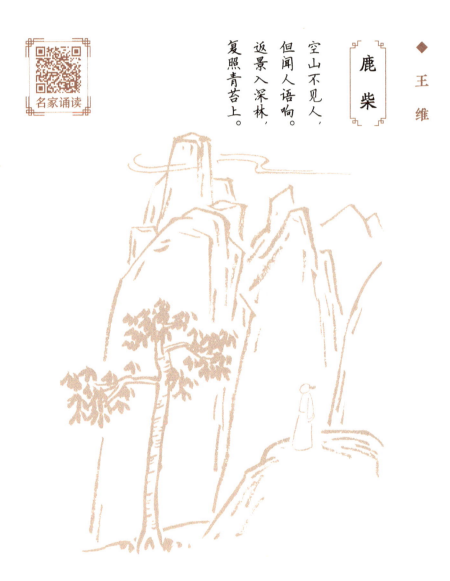

名家诵读

鸟鸣涧

人闲桂花落，
夜静春山空。
月出惊山鸟，
时鸣春涧中。

【赏　析】

读此诗，也许你可以感觉到细小的桂花花瓣落地的动静，可以看见月亮的光辉惊醒了夜巢中的鸟儿，可以听到三两声鸟鸣在山谷间回应。诗人王维就这样把“夜静”的山涧动态地、形象鲜明地展示在读者面前。

鸟鸣涧是一种野趣，鸟鸣涧是一种环境，鸟鸣涧是一种心境，鸟鸣涧更是一种境界。在浮躁、纷繁的大千世界中，人们应该更多地去体验鸟鸣涧式幽静的自然之美。

望庐山瀑布

李白

日照香炉生紫烟，
遥看瀑布挂前川。
飞流直下三千尺，
疑是银河落九天。

名家诵读

【赏　析】

这是一首童叟尽知的名篇，诗人以高度夸张的艺术手法，将飞流直泻的瀑布描写得雄奇瑰丽、气象万千，宛如一幅生动的山水画。诗的首二句通过对庐山香炉峰的描写，交代了这条瀑布的所在地，并从紫烟缭绕峰顶的美丽自然景色中，获得非常真切的美感。次句则点出遥望中的瀑布，“挂前川”的“挂”字，以轻巧的语气反衬瀑布的气势，绝妙之极！三、四句以浪漫的想象和高度夸张的比喻，对这条腾空而下、势不可当的瀑布壮观景象予以描绘，“疑是银河落九天”之语，充满十足的“仙”气，非“谪仙人”李太白不能为！

全诗以“望”为出发点，紧扣题旨，依据观察的顺序，突出描写了庐山瀑布的壮丽景观，构思新颖，想象奇特，意境阔大，文辞精妙，展现了诗人开阔的胸襟和昂扬的气概，同时也表达了诗人热爱祖国河山的深情。

望天门山

天门中断楚江开，
碧水东流至此回。
两岸青山相对出，
孤帆一片日边来。

名家诵读

【赏 析】

这是一首描绘祖国壮丽河山的诗篇。诗中所写之景，是诗人站在顺流而下的“孤帆”之上向前远眺的“望”中之景，极富动态之美。首句侧重写山，“天门中断楚江开”，“中断”二字使夹江对峙、悬崖峭壁的天门山雄姿和破“门”而出、奔腾向前的楚江展现在读者眼前。次句侧重写水，“碧水东流至此回”，说明河道的走向，更主要的是突出江水的气势：滚滚东流的楚江流经此地，因受山峰的阻遏，突然折流北向，急转直泻，呼啸而过，雄山奇水，令人惊叹！第三句“两岸青山相对出”，“出”字使静态的青山呈现出动态之美。舟行江上，与青山距离愈来愈近，举目望去，两岸的青山有如好客的主人站出来迎候远来的嘉宾。末句“孤帆一片日边来”，写“日边”的“孤帆”缓缓驶来，把大江衬托得更加辽阔浩淼了。

此诗虽以写景为主，但倾注了诗人奔放的豪情。青山映碧水，红日照白帆，色彩绚丽，动静相宜，组成了一幅五彩缤纷、宏阔壮美的画面。诗的结尾写孤帆从“日边”驶来，尤其富有想象力，仍是“诗仙”的神笔。

早发白帝城

朝辞白帝彩云间，
千里江陵一日还。
两岸猿声啼不住，
轻舟已过万重山。

名家诵读

【赏　析】

诗人流放夜郎，行至白帝城遇赦，乘舟东返江陵而作此诗。诗的首句点明出发地点，“朝辞白帝彩云间”，既写地势之高，又写早晨景色之美，显示出从黑暗转为光明的大好气象，同时表明诗人遇赦时的兴奋心情。次句点明到达地点，“千里江陵一日还”，以两地空间距离之长与旅行时间之短进行对比，表现了诗人“一日”而行“千里”的畅快。三、四两句则是补叙一路之上的所见所闻，“两岸猿声啼不住，轻舟已过万重山”，写高猿长啸，山峦起伏，轻舟飞驶，轻松、喜悦之情溢于言表。

全诗虽仅 28 字，却高度概括了长江三峡中特有的气势，酣畅地表露了诗人欢快的心情，千百年来被人们视为珍品。

与史郎中钦听黄鹤楼上吹笛

一为迁客去长沙，
西望长安不见家。
黄鹤楼中吹玉笛，
江城五月落梅花。

名家诵读

【赏　析】

这是诗人流放夜郎途中经过江夏郡、游览黄鹤楼时所作。诗人在黄鹤楼上与朋友史钦一起宴饮，听到楼上有笛曲《梅花落》的吹奏声，便想起当年贾谊被贬为长沙王太傅的事情，同病相怜，顿生迁谪之感和去国之情。江城五月，正当初夏，当然不是梅花飘落的季节，但由于《梅花落》笛曲吹得真切动人，诗人眼前仿佛出现了梅花满天飘落的景象。于是巧借笛曲名，由笛声想到梅花，由听觉诉诸视觉，通感交织，别出匠心。“江城五月落梅花”一语，直令当今武汉市以“江城”而声名远扬，同时，那一幅梅花纷飞的画面也永远刻印在武汉市民和万千游客的脑海里。

逢雪宿芙蓉山主人

刘长卿

名家诵读

日暮苍山远，
天寒白屋贫。
柴门闻犬吠，
风雪夜归人。

【赏　析】

此诗描画了一幅雪夜寒山投宿图。“柴门闻犬吠，风雪夜归人”堪称千古名句，让万籁俱寂的冬夜生动起来，更让所有有过类似经历的人感到惊喜和熟悉。从诗的题目到内容来看，借宿的客人（作者）何以知道“夜归”的是白屋“主人”？这要仔细体味“柴门闻犬吠”所传递的信息，其间屋内外的动静（“犬吠”）、家人与“夜归人”的对话、借宿客人对“夜归人”身份的判断等，都颇耐寻味。但不管怎样，“白屋”对诗人的接纳、“夜归人”生计的艰辛、山村雪夜的宁静等情景，都可以从诗中想见出来，温暖而又饶有趣味。

望岳

杜甫

岱宗夫如何？齐鲁青未了。
造化钟神秀，阴阳割昏晓。
荡胸生层云，决眦入归鸟。
会当凌绝顶，一览众山小。

名家诵读

【赏　析】

年轻时的杜甫和许多盛唐士人一样，有着强烈的入世精神，自谓能“立登要路津”“致君尧舜上”。此诗采用白描的手法，别出心裁地写诗人初见泰山时高山仰止的感受。作者笔下的泰山，远看横亘齐鲁，巍峨挺拔，近看层云叠生，变幻莫测，层出不穷，舒展飘扬，望之心胸如经过洗涤一般舒适安宁。在如此神秀的景色和如此伟岸的山势之前，人们一般都会顿觉自己的渺小，但杜甫却要“会当凌绝顶，一览众山小”。这里除了有“相看两不厌”那种久望之后物我两忘的境界，更有一种征服的气魄，是盛唐精神的形象体现。同时，这两句诗所表现出来的胸襟、气度和进取精神，对今人亦是很好的激励。

春夜喜雨

名家诵读

好雨知时节，
当春乃发生。
随风潜入夜，
润物细无声。
野径云俱黑，
江船火独明。
晓看红湿处，
花重锦官城。

【赏　析】

此诗的基调是一个“喜”字：一种淡淡的喜悦，在宁静的氛围里生发出一份闲适愉悦的情思。“好雨”“当春”发生，一个“当”字透出不早不晚、恰到好处之意。而小楼一夜听春雨之后，清晨远眺，远处风景独好，花团锦簇，锦官城显得格外美丽。此诗最精彩的是“随风潜入夜，润物细无声”两句，后人多借用此意境来比喻对他人无私的关怀和援助，有着恩泽万物的感觉。

名家诵读

绝句四首（其三）

两个黄鹂鸣翠柳，
一行白鹭上青天。
窗含西岭千秋雪，
门泊东吴万里船。

【赏　析】

早春时节，一切都显得生机勃勃，诗人对未来充满了无限美好的憧憬。黄鹂在翠柳间嬉戏，白鹭在蓝天下翻飞，春光明媚，色彩鲜明，初春的气息扑面而来。诗中，“黄鹂”“翠柳”“白鹭”“青天”，明亮色彩的选择和搭配，“窗”与“门”、“西岭”与“东吴”、“千秋雪”与“万里船”的对偶，都显出作者诗心之细，即所谓“意匠惨淡经营中”。此外，整首诗动静相宜，浅白如话，难怪千年以来，童蒙皆能上口诵读。

枫桥夜泊

张继

月落乌啼霜满天，
江枫渔火对愁眠。
姑苏城外寒山寺，
夜半钟声到客船。

名家诵读

【赏　析】

张继的诗风“不雕不饰”，却“丰姿清迴”，这首绝句正是如此。作者以白描的手法描绘了枫桥一带的夜景。四句各含数种景物，远近结合，以动衬静，用暗红的色彩和凄楚的声响，织成一幅秋江夜景。诗以景为主，但句句又在表现羁旅愁怀的情感。“姑苏城外寒山寺，夜半钟声到客船”，通过“客船”上的“客人”静听寒山寺钟声，来表达人在他乡的寂寞和幽怨，从而达到情景交织融合、和谐统一的抒情效果。

滁州西涧

韦应物

独怜幽草涧边生，
上有黄鹂深树鸣。
春潮带雨晚来急，
野渡无人舟自横。

名家诵读

【赏　析】

这是韦应物在滁州做官时所作的山水名篇。小诗描写了涧边幽草、深树黄鹂和春潮急雨的浓浓春景，配以野渡横舟的场面，四句各成一景，并通过作者的视野行踪把它们有机地结合起来，形成一幅极其生动、幽美、富有情趣的山水画，读来让人如同身临其境。“野渡无人舟自横”一句，留有最大的想象空间，据称后世画院曾以此句为题招考画师，足见这“无人”的渡口何其神异。

春雪

◆韩愈

新年都未有芳华，
二月初惊见草芽。
白雪却嫌春色晚，
故穿庭树作飞花。

名家诵读

【赏　析】

刚刚过完新年，诗人就开始寻觅春的影象，然而却没有看到争奇斗艳的鲜花，直到二月才惊喜地见到碧草的嫩芽。春天姗姗来迟，就连白雪都迫不及待地在庭前的树木间撒下了一片“飞花”。这穿树如花的春雪不也给人以春的气息吗？诗人久盼春天的烦恼顿时化成一片欣喜。“却嫌”“故穿”，用拟人化的手法赋予春雪以灵性，读来饶有情趣。全诗构思新巧，语言精致，于常景中翻出新意，别开生面。

秋词二首（其一）

刘禹锡

自古逢秋悲寂寥，
我言秋日胜春朝。
晴空一鹤排云上，
便引诗情到碧霄。

名家诵读

【赏　析】

此诗以议论开头，表达诗人对秋天的独特见解：否定前人“悲哉，秋之为气也”的愁情，提出“秋日胜春朝”的新见。这种纵贯古今的议论，给人一种新鲜明快的感觉。接着诗人勾勒出一个秋高气爽，白鹤凌云冲向碧空的诗境。一句“便引诗情到碧霄”，既将读者的视线引向秋日明净的天空，更让你在无限的空间中去想象人与自然、人生同宇宙的关系，充分表达了作者豁达乐观、奋发向上的精神。这就是通篇“诗情”所在！

名家诵读

夜雪

白居易

已讶衾枕冷，
复见窗户明。
夜深知雪重，
时闻折竹声。

【赏　析】

深夜下雪，卧床人不知，但通过“衾枕冷”感觉得到；夜空飘雪，屋内人看不见，但通过“窗户明”而猜测得到；夜雪无声，静卧者无法判断其强度，但通过屋外“折竹声”而推断得到。此诗立意新颖，作者完全从感觉、视觉、听觉、推理入手，以通俗易懂的语言准确无误地写出对夜雪的感受。虽然篇幅短小，但曲折委婉，能引人细品而有味，拍案而称奇。

名家诵读

暮江吟

一道残阳铺水中，
半江瑟瑟半江红。
可怜九月初三夜，
露似真珠月似弓。

【赏　析】

这首诗描绘了秋日从残阳西沉到新月初起时的暮江景色：柔和的晚霞铺洒在细波粼粼的江面上，落日的余辉映红了碧绿的江水，新月在不知不觉中东升，宛如镶嵌在天幕中的一张宝弓，月光下点点露水就像那晶莹透亮的珍珠。诗人面对这幅色彩绚丽的暮江秋夜图，从心里发出深深的感叹：多么可爱可喜的“九月初三夜”！全诗格调清新，用词造句凝练精致，比喻新颖贴切，写景绘影绘色，将人们习见却又无法形容的大自然美景，用图画的方式呈现出来，何其难得。

江雪

◆柳宗元

千山鸟飞绝，
万径人踪灭。
孤舟蓑笠翁，
独钓寒江雪。

名家诵读

【赏　析】

大雪之后，“千山鸟飞绝，万径人踪灭”，这世界不可谓不凋零，不可谓不冷酷。然而却有人在江边“独钓寒江雪”，其清高孤傲、徒遭遗弃的命运可以想见。这是诗人因主张改革而被贬永州时所写的诗，表达了作者政治上不得意的孤愤，看似一首讽喻诗，但诗中的画面倒是颇耐欣赏的，“千山鸟飞绝，万径人踪灭”，绝妙的雪景图；“孤舟蓑笠翁，独钓寒江雪”，生动的人物画。而且，其中所包含的漫天皆白，蓑翁独赭；举世皆寂，钓叟独活的韵味，也能给人以独特的精神与灵气。

幼女词

施肩吾

幼女才六岁，
未知巧与拙。
向夜在堂前，
学人拜新月。

名家诵读

【赏　析】

七月初七，中国传统的情人节，当晚，牛郎织女鹊桥相会，既神秘，又温馨。而人间少女们则要趁此机会向织女“乞巧”，也就是祈求织女教以针黹女红。乞巧本不关幼女事，但诗中这位“小大人”却在堂前“学人拜新月”，其童趣引人忍俊不禁。读此诗，不应只为六岁幼女之可爱而轻轻一笑，还要学习作者对人物情态的描摹艺术，更要从中认识唐时乞巧风俗的普及、七夕节日之隆重，因而深入了解当时的社会生活，获得历史文化的教益。

题李凝幽居

◆ 贾岛

闲居少邻并，
草径入荒园。
鸟宿池边树，
僧敲月下门。
过桥分野色，
移石动云根。
暂去还来此，
幽期不负言。

名家诵读

【赏　析】

贾岛以僧人的身份拜访隐士李凝，主人不在，作者题此诗于园门。诗中对李凝幽居环境的描写可谓字字生动、形象：居处“少邻并”是“幽”，位于“草径”尽头、“荒园”深处是“幽”，有小桥流水是“幽”，有白云飘移是“幽”，这一切更因一个“幽期”的诺言而显得幽情无尽。

诗中最精彩的句子当数“鸟宿池边树，僧敲月下门”。试想，当夜静更深之际，当百鸟归栖、万籁俱静之时，一位僧人敲着深山幽谷、荒园野径中的屋门，那响声在夜空中回应着，何其耐人寻味！据记载，贾岛原来用的是“推”字，即“鸟宿池边树，僧推月下门”，后拟改作“敲”字。有一次他骑在驴背上反复玩味二字的区别，并作推敲之状，忘形之际不小心撞上了京兆尹（首都长安“市长”）韩愈的仪仗队。卫士将贾岛押至韩愈面前，韩愈问明原委，并没有责备他，反而帮他“推敲”起来，并说：“作‘敲’字佳矣！”这一记载是否真有其事，大可不必深究，但改“推”为“敲”实属神来之笔，因为着一“敲”字而“境界全出”矣！

闺意献张水部

朱庆馀

洞房昨夜停红烛，
待晓堂前拜舅姑。
妆罢低声问夫婿：
画眉深浅入时无？

名家诵读

【赏 析】

这是一首别有情趣的诗作，作者明明是行卷、温卷，希望张水部提携、引荐，但却拿新娘拜公婆的“闺意”说事。诗意含蓄、婉转，生动、形象，读后既令人忍俊不禁，又佩服作者的摹写之功。你看，新娘要见公婆了，该如何打扮自己呢？化妆太淡，公婆会觉得儿媳不美；化妆太浓，公婆会认为儿媳过于妖艳。究竟公婆的“审美观”如何？只有长期与父母生活在一起的“夫婿”最了解，所以，“妆罢低声问夫婿，画眉深浅入时无？”突现了新娘的聪明、机智。

诗中的新娘指临试考生即作者自己，“舅姑”（公婆）指主考官，“夫婿”指张水部。一旦读者读懂了诗中的角色定位，此诗的悠长韵味就可细细品尝了。读此诗，还可以从文化的角度了解唐代科举考试的“行卷”“温卷”之风，毕竟文学作品是历史的百科全书。

李凭箜篌引

李贺

吴丝蜀桐张高秋，空山凝云颓不流。
江娥啼竹素女愁，李凭中国弹箜篌。
昆山玉碎凤凰叫，芙蓉泣露香兰笑。
十二门前融冷光，二十三丝动紫皇。
女娲炼石补天处，石破天惊逗秋雨。
梦入神山教神妪，老鱼跳波瘦蛟舞。
吴质不眠倚桂树，露脚斜飞湿寒兔。

名家诵读

【赏　析】

此诗与白居易的《琵琶行》、韩愈的《听颖师弹琴》一起被誉为唐诗中描写音乐的三首杰作，是“摹写声音至文”。作者以奇幻的形象来表现抽象的音乐。你看，泪洒竹叶的湘娥，含悲鼓瑟的素女，炼石补天的女娲，闻乐起舞的神妪，为琴所动的玉皇，听琴不眠的吴刚。还有凤凰、寒兔，老鱼、瘦蛟，芙蓉、香兰，凝云、昆山……这一切，构成一个斑斓陆离、令人目不暇接的神话世界。这一切，表面上只是视觉形象，却又使人真切地获得听觉的享受。

如此浪漫的想象，如此奇特的构思，如此精妙的笔法，非鬼才李贺不能为！而今天的读者通过李贺的描写，又可想见1300年前箜篌演奏家李凭的技艺之精，更可感受唐代音乐艺术之美！

咸阳城西楼晚眺

许浑

一上高城万里愁，
蒹葭杨柳似汀洲。
溪云初起日沉阁，
山雨欲来风满楼。
鸟下绿芜秦苑夕，
蝉鸣黄叶汉宫秋。
行人莫问当年事，
故国东来渭水流。

名家诵读

【赏　析】

诗人登上咸阳城楼，发现此处风物竟类似于故乡江南，不禁生发思乡的愁怨。然而，万里之愁又怎限于思乡？忽见乌云自溪边生成，夕阳沉落，晚风陡起，霎时间天地变色。一句“山雨欲来风满楼”，既是写景，又引发人们多少联想。值此之际，诗人心态不禁由一己之愁扩大为千古之思，由思乡之痛转为兴亡之叹。然而，无数的兴亡在永恒的历史长河中竟是如此渺小。你看，那飞鸟落下，蝉鸣黄叶，而昔日秦汉两朝的宫殿已在夕照之下，现出荒凉凄落之象，悠悠历史仍如古城旁的渭水，自西向东、自古至今流淌去也，所以，“行人莫问当年事，故国东来渭水流”，实令人慨叹！

名家诵读

齐安郡后池绝句

杜 牧

菱透浮萍绿锦池，
夏莺千啭弄蔷薇。
尽日无人看微雨，
鸳鸯相对浴红衣。

【赏　析】

齐安为黄州治所，诗人写郡衙后院小池，水色碧绿，水面上浮萍涨满，朵朵菱花穿透铺满浮萍的水面，点缀其间。“菱透浮萍绿锦池”，描写出初夏时节的绿色世界里，小池显得如此幽静，就像一幅美丽的绿锦，无声地铺展开来。然而夏日又是喧闹的，充满了生命的活力。“夏莺千啭弄蔷薇”，小池畔，黄莺百啭千啼，嬉戏穿梭于枝间花丛，别是一番景趣。诗人似乎在作画，于青绿底色上又挥笔绘出几只莺，几丛花。初夏时的小黄莺儿，毛方嫩黄，而蔷薇亦多黄色，这几处新黄，更衬托出春末尚留的一点祥和与夏季将临的活泼气息，把整个画面带得生动起来。初夏多雨，小池终日静悄悄的，只有细雨如丝，只有鸳鸯成双捉对，此所谓“尽日无人看微雨，鸳鸯相对浴红衣”。鸳鸯双飞双宿，在文学作品中正是爱情的象征，而“相对浴红衣”，写尽爱侣的幸福与甜蜜，尽显杜郎风格。

名家诵读

山行

远上寒山石径斜，
白云生处有人家。
停车坐爱枫林晚，
霜叶红于二月花。

【赏　析】

山林秋色：石径蜿蜒而又陡峭，“远上寒山石径斜”，一个“远”字写出路之长，一个“斜”字点出山之高。顺山路往上看，白云缭绕，屋舍隐约可见，“白云生处有人家”，“生”字用得奇妙。但这些都不是秋色中最美的，最美的是那傍晚的枫林，竟让诗人停下车来，醉赏“霜叶红于二月花”的奇特景观。二月春花之美，世人皆知，可秋日枫林就不是所有的人都能赏识。一般人写霜叶，多写风霜凋敝，为其哀婉叹息。但诗人杜牧却发现，这枫叶流丹，层林尽染，竟像春花一样透着蓬勃的生命力，其以春光来衬托秋色，独特的审美视角令人叹服！

清明

清明时节雨纷纷，
路上行人欲断魂。
借问酒家何处有，
牧童遥指杏花村。

名家诵读

【赏　析】

此诗用语通俗，全篇无一典故，却营造出一种略带忧郁而不失清新的氛围。清明是家人合聚、扫墓祭祖的重要节日，但羁旅之人却孤身在外，难得与家人团聚，不免生发思亲之愁和飘零之感，真是满腹愁怨“欲断魂”啊。而此时，天上下着绵绵细雨，春衫湿透，直逼人向往酒家，驻足洗尘。而向路边牧童打听，则见“牧童遥指杏花村”——可触可感的形象，如塑如画的场面，给人留下无限遐想和回味的空间。

商山早行

温庭筠

晨起动征铎，
客行悲故乡。
鸡声茅店月，
人迹板桥霜。
槲叶落山路，
枳花明驿墙。
因思杜陵梦，
凫雁满回塘。

名家诵读

【赏　析】

寂静的清晨，一路上只有马儿脖子上的铜铃叮当作响。诗人独自启程，又想起了故乡；远处鸡鸣声声，更显得天明尚远。残月清寒，板桥上落了一层白霜，诗人走过，桥面上留下了他那孤零零的足迹；槲树老叶已落了一地，熹微晨光中白色枳花映出了远处的驿墙。一任马行，诗人还在想着昨夜的梦境，春雁已经归家，游满了池塘，他却还在远方游荡。

此诗以精练的语言，表现了一种野店晨霜、旅客道路辛苦的生动意境，其情景可见可感。诗中最经典的还是“鸡声茅店月，人迹板桥霜”二句，十字之中，描写了六种景物：“鸡声”“茅店”“月亮”,“人迹”“板桥”“白霜”，六词并列，没有连词，显得十分精练、形象。而且，细细揣摹其所描写的场面，完全如当今的情景小品；其所使用的艺术表现手法，也如同当今推、拉、摇、移的影视镜头，细品起来，余味无穷。

李商隐

乐游原

名家诵读

向晚意不适，
驱车登古原；
夕阳无限好，
只是近黄昏。

【赏　析】

此诗作者李商隐在长安时，政治上颇为艰难，常常意有“不适”，所以“驱车登古原”，以解忧闷。而当诗人登上长安东南著名的游览胜地乐游原的时候，正当夕阳西下，但见远处天际，红霞铺满，灿烂辉煌，十分壮美，他的心情顿时开朗起来，惊呼：“夕阳无限好！”而且深深感到，这样的美景一般人往往容易忽略，要知道，这种独特成熟的斜阳晚照，只（古同“衹”）是在将近黄昏时刻才看得到啊！一句“夕阳无限好，只是近黄昏”，应作“最美不过夕阳红”来读，而切勿理解为“夕阳虽好，只不过黄昏短暂”，并因此而叹息低沉……

早梅

齐己

名家诵读

万木冻欲折，孤根暖独回。
前村深雪里，昨夜一枝开。
风递幽香出，禽窥素艳来。
明年如应律，先发望春台。

【赏　析】

全诗紧扣“早”字展开，“孤”“独”“一”“先”都是言梅之“早”。在“万木冻欲折”这样的时节开放，又只是一枝开于深雪之中，似乎不应有人赏识。但是“风递幽香出，禽窥素艳来”，却从侧面揭示了早梅的魅力。诗的尾联“明年如应律，先发望春台”，表达了作者早年的愿望，希望能功名仕进。同时又一语双关，指出：梅花是春的使者，传递了春的消息，令人对未来充满希望。另据《唐才子传》记载，齐己曾以这首诗求教于郑谷，诗的第二联原为“前村深雪里，昨夜数枝开”，郑谷读后说：“‘数枝’非‘早’也，未若‘一枝’佳。”齐己深为佩服，便将“数枝”改为“一枝”，并称郑谷为“一字师”。“一字师”，改一字即为师，与“三人行，必有我师焉”同理，亦值得记取。

渔歌子

张志和

名家诵读

西塞山前白鹭飞，
桃花流水鳜鱼肥。
青箬笠，绿蓑衣，
斜风细雨不须归。

【赏　析】

这首词反映的是水乡春汛风光图。词的前两句写景，选取了青山、白鹭、桃花、春水、鳜鱼五种代表性的事物，临摹出一幅色彩鲜明、景色迷人的风光图。而“青箬笠，绿蓑衣，斜风细雨不须归”，则是全篇的点睛之笔，不仅写出了人与大自然的和谐关系，更加体味出渔人的生活态度和情趣，传达了作者“志不在鱼”的归隐心情。整首词是一幅南国水乡、烟波钓徒的祥和画面，其艺术境界令人叹为观止。

忆江南（三首其一）

白居易

江南好，风景旧曾谙。
日出江花红胜火，
春来江水绿如蓝。
能不忆江南？

名家诵读

【赏　析】

这是白居易晚年怀念江南生活所写一组词中的一首。首句“江南好”，只用一个“好”字便概括出江南春色的种种佳境，如同一种压抑许久的情感突然找到了突破口，迫不及待地表露出来。“日出江花红胜火，春来江水绿如蓝”，是对江南景致浓墨重彩的描绘。“日出”与“春来”互文见义，并且用强烈的色彩冲击着人们的视线。春来花开，红艳照人，加上旭日照耀，更加红得如同火焰，热烈而充满激情；而春江绿水，幽静的绿色在阳光照射下显得深邃如蓝，光彩夺目，“红”“蓝”两种色彩的配合，将春的活力和生机淋漓尽致地表现出来，使得此词成为历代读者所称颂的佳作。

木兰花

宋祁

东城渐觉风光好，
縠皱波纹迎客棹。
绿杨烟外晓寒轻，
红杏枝头春意闹。
浮生长恨欢娱少，
肯爱千金轻一笑。
为君持酒劝斜阳，
且向花间留晚照。

名家诵读

【赏　析】

这是一首咏春词。轻舟荡漾，碧波粼粼；绿杨红杏，相映成趣，好一片浓浓春意！词人以明艳的色彩，清新的笔调，描绘了一幅情趣盎然、生机勃勃的早春图。全篇风流闲雅，轻灵绮丽，尤以“红杏枝头春意闹”为传诵名句，词人也因此获得“红杏枝头春意闹尚书”的雅号。“闹”字看起来抽象，但仔细体味却很具体，如：杏花竞放是“闹”，蜜蜂采花是“闹”，鸟儿在枝头跳跃是“闹”，春风拂动枝条亦是“闹”，这些，都被作者描绘得活灵活现，能使人产生无限遐想，所以，王国维对此字极为赞赏，他在《人间词话》中说：“红杏枝头春意闹”，著一“闹”字，而境界全出矣！

蝶恋花

苏轼

花褪残红青杏小。
燕子飞时，绿水人家绕。
枝上柳绵吹又少，
天涯何处无芳草！
墙里秋千墙外道。
墙外行人，墙里佳人笑。
笑渐不闻声渐悄，
多情却被无情恼。

名家诵读

【赏　析】

残红褪尽，柳絮飘飞，青杏尚小，燕子来回，芳草绿遍，生机勃勃。一般人写暮春，总是衰败的，但在苏轼笔下却如此充满活力，因为他要衬托下阕中“墙里佳人”的笑声。“墙里秋千墙外道，墙外行人，墙里佳人笑”，墙里佳人青春年少，无忧无虑，活泼可爱，但她却“笑渐不闻声渐悄”，自顾自地走了，哪知墙外“行人”被你无意中撩动的春心竟怎么也平静不下来！整首词以“无情”衬托“多情”，表现了作者对春天的热爱、对青春的羡慕，是豪放词人苏轼词风婉约的一面。其实“婉约”对于苏轼来说，非不能也，是不为也，偶一为之，亦不乏佳作，此词即是。

望海潮

◆ 柳永

名家诵读

东南形胜，三吴都会，钱塘自古繁华。
烟柳画桥，风帘翠幕，参差十万人家。
云树绕堤沙。
怒涛卷霜雪，天堑无涯。
市列珠玑，户盈罗绮，竞豪奢。
重湖叠巘清嘉。
有三秋桂子，十里荷花。
羌管弄晴，菱歌泛夜，嬉嬉钓叟莲娃。
千骑拥高牙。
乘醉听箫鼓，吟赏烟霞。
异日图将好景，归去凤池夸。

【赏　析】

这首词是柳永赠给两浙转运使孙何的，因是赠词，所以不免对当时的杭州作夸张描写，结句也为恭维应酬之语。但读者仍能从词人浓墨重彩的铺叙中看到宋时杭州的富庶与美丽。通篇铺采摛文，写法上由概括到具体，逐次展开，步步深化。“形胜”与“繁华”是杭州的总体概貌，全词紧紧围绕这一点，一一铺写，向读者展示了杭州民丰物盛的都市风貌以及市民游乐于钱塘、西湖的美丽风情。艺术构思上，作者注意交叉用笔，由都市风貌，插以钱塘壮观；又由杭州富庶，插以西湖美景，错落有致，灵动鲜活，如行云流水。而大量的对仗排比句式，更使得此词具有极强的艺术感染力。词中那千古传诵的丽句“三秋桂子，十里荷花”，尤其令人惊叹！

青玉案

贺铸

名家诵读

凌波不过横塘路，但目送、芳尘去。
锦瑟华年谁与度？
月桥花院，琐窗朱户，只有春知处。
飞云冉冉蘅皋暮，彩笔新题断肠句。
若问闲情都几许？
一川烟草，满城风絮，梅子黄时雨。

【赏　析】

此词虽是传统怀人之作，但在写景方面却极富特色。词的上阕写黄梅时节，一女子朝横塘方向走来，身影窈窕美丽，不禁令人产生爱慕之情，然而她仅仅只是路过，背影远去，渐行渐远，词人只能徒然凝望，直至望而不见。“但目送、芳尘去”，作者用真实、准确的词语描绘了令人肠断的单相思和情绪的变化，抒发了可望而不可即的感伤惆怅，也寄托了词人因仕途坎坷、功业未立而产生的失意苦闷。词的下阕写自己的“断肠”“闲情”，“若问闲情都几许？一川烟草，满城风絮，梅子黄时雨”几句，画龙点睛，使得此词广为传诵。作者在这里采用博喻的手法，巧借“烟草”“风絮”“梅雨”三个具体可感的形象，反复加以形容、比附，生动形象地写出了“闲情”（即闲愁）充塞天地，纷繁杂乱且不可消释，烘托出浓浓的忧愁，使得此词具有极强的艺术感染力，贺铸也因此博得一个“贺梅子”的雅号。

◆ 陆游

卜算子·咏梅

驿外断桥边，
寂寞开无主。
已是黄昏独自愁，
更著风和雨。
无意苦争春，
一任群芳妒。
零落成泥碾作尘，
只有香如故。

名家诵读

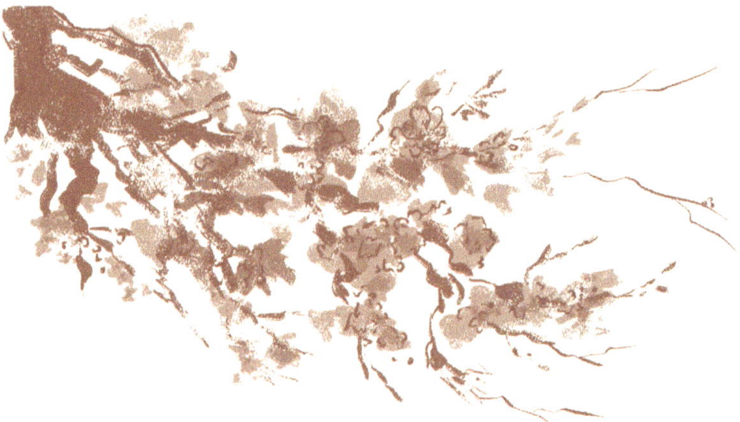

【赏　析】

这是一首咏梅名篇。梅是高洁的，但它开在驿外断桥边，人迹罕至，无人欣赏，只能寂寞开放。境遇已经不堪，黄昏中更有风雨相加，实属难耐啊。词的上阕写梅花的状况，下阕写梅花的“志向”：无意与群芳争春，冬寒料峭之时，梅花就先开了，可这优秀的品质仍然惹来百花的嫉妒。但是，纵然风急雨骤，那洁白的花瓣随风飘落坠入泥土中，还被来来往往的车马碾为尘土，也不改那清幽的香味。此词中，梅花暗喻的实际上是作者自己，性情孤介而不愿同流合污，屡遭小人排挤，仍不改初心本意，其如梅花高洁的品质和气节令人敬佩。

西江月·夜行黄沙道中

辛弃疾

明月别枝惊鹊，
清风半夜鸣蝉。
稻花香里说丰年，
听取蛙声一片。
七八个星天外，
两三点雨山前。
旧时茅店社林边，
路转溪桥忽见。

名家诵读

【赏　析】

此词写作者于夏日的深夜在乡村行路时所见、所闻、所感，情景交融，画面生动，笔调轻快、灵活而富有变化。“稻花香里说丰年，听取蛙声一片”，最为生动形象：醉人的稻香，报喜的蛙鼓，吸引人们对农村生活的向往。今天生活在大都市中忙碌的人们，读此词获艺术享受的同时，亦不妨去乡村野里感受一下稻香蛙鸣，让你的生活更加丰富多彩！

双双燕·咏燕

史达祖

名家诵读

过春社了，度帘幕中间，去年尘冷。
差池欲住，试入旧巢相并。
还相雕梁藻井，又软语商量不定。
飘然快拂花梢，翠尾分开红影。
芳径，芹泥雨润。
爱贴地争飞，竞夸轻俊。
红楼归晚，看足柳昏花暝。
应自栖香正稳，便忘了、天涯芳信。
愁损翠黛双蛾，日日画栏独凭。

【赏　析】

这是词人最负盛名的词作之一，堪称咏燕的绝唱。作者用笔纤巧，刻画细腻，从燕子飞行的形、神、姿入手，突出描写燕子双飞双宿、活泼亲昵的形象，既符合燕子的动物习性，又富含浓郁的社会文化意义，因为人们从燕子的形象中看到了人间爱侣的影子。词的最后仍从咏物归结到写人写情，亦即春日怀人的思妇题材，使作品在咏物的基础上具有了更深的含义。

卜算子

刘克庄

片片蝶衣轻，
点点猩红小。
道是天公不惜花，
百种千般巧。
朝见树头繁，
暮见枝头少。
道是天公果惜花，
雨洗风吹了。

名家诵读

【赏　析】

这是一首咏海棠名篇，上片摹写海棠花绽开时形象之可爱：“片片蝶衣轻，点点猩红小”“百种千般巧”，轻、巧、红、小。下片感叹海棠花花期的短暂：“朝见枝头繁，暮见枝头少”“雨打风吹了”。作者在上下片分别用了两个设问句：“天公不惜花”？还是“天公果惜花”？有力地质问“天公”实际上的不公正，对如此美丽的海棠竟肆意摧残。全篇通过对花事的关心，表达了对现实生活中人才悲剧命运的不满，含蓄深婉，轻灵风趣，别具一格。

专题研讨与思考

赏析、诵读唐诗宋词经典作品之《景物篇》，你对生活的观察、审视、表现能力是否有所提高？你的精神生活和人生境界是否因此而得以丰富？请谈谈你的感受。

读书札记